i

为了人与书的相遇

异乡记

苏方

——

著

GUANGXI NORMAL UNIVERSITY PRESS
广西师范大学出版社

献给

Tom Hardy

目 录

图书在版编目(CIP)数据

异乡记 / 苏方著 . —— 桂林：广西师范大学出版社，
2019.8

ISBN 978-7-5598-1769-3

Ⅰ.①异… Ⅱ.①苏… Ⅲ.①短篇小说 – 小说集 – 中
国 – 当代 Ⅳ.① I247.7

中国版本图书馆 CIP 数据核字 (2019) 第 089538 号

广西师范大学出版社出版发行

广西桂林市五里店路 9 号　邮政编码：541004
网址：www.bbtpress.com

出　版　人：张艺兵
责任编辑：罗丹妮
装帧设计：尚燕平
内文制作：李丹华
全国新华书店经销
发行热线：010-64284815
山东鸿君杰文化发展有限公司

开本：880mm×1230mm　1/32
印张：9.125　字数：190千字
2019年8月第1版　2019年8月第1次印刷
定价：45.00元

爸爸

Legacy

一

　　陈年曾经恨过王麦的,陈年后来忘了。当时大家都是十二岁,王麦总是梳一个高高的辫子,皮筋扎得相当紧,牢牢揪住头皮。她的眼角因此总是向上吊着,太阳穴拔出青筋来,整天像要去寻仇。

　　有一个下午,王麦认为自己的辫子不够紧了,需要重新扎辫子。撸掉皮筋的时候,她的同桌陈年看见,那散开来的头发仍然是个辫子形状,没有因为失去束缚而重获自由。陈年猛然意识到,电影里那些一松开发辫就能够魅惑地甩出一头瀑布的场面都是假的,女生的头发是硬的。他心里一凉,又想到女生也会拉屎、淌鼻涕、脚底汗臭、指甲藏泥……他第一次想到这些,像走在路上一屁股掉进井底,好多天眼睛里黯淡无光。从此陈年再看女生,就和从前不一样了。都怪王麦的钢丝头发!他后来就怪里怪气地喊王麦"妇女",一直喊到几个月后他们永别。

同学们不明白其中意思，但也跟着叫了。女老师们听见了很愕然，但并不管，回到办公室里叫陈年"小流氓"。王麦自己最不懂：妇女是骂人话吗？她因为不懂陈年骂的是什么，便不知道如何反驳，只好不理睬，倒像是坦然接受。陈年于是更加恨她。

陈年就是从那时候读起书来——之前也读书，但那是作为男孩子似的读父亲的"大人书"，或是读大人们不许他读、且连大人自己也并不该读的书。七字头的最后一年，陈年看透了女生的真相，开始像个读书人一样读书。几个月以后，他们一家从长江边搬进了北京。他敏锐地发现，对父亲来说，这一次迁徙并不是"赴京"，是"回京"。他们住进崭新的楼房，不过家具杂物是旧的——床柜桌椅，棉被茶缸，一件件打了包从老房里运来，恨不能位置摆放也如前。父亲和父亲的朋友们仍然是小心的，而陈年与他们的儿子们是初羽的鸟，要放声了。他认定北京就是他的家，对妇女王麦的恨已经忘得干干净净。他越来越乐在其中地读书。他发现世上的书变多了。

如今陈年也到了父亲当时的年纪，身份亦和父亲一样，是个知识分子——只是知识分子这词不大被人用了。从前不用是因为风险，如今不用是因为过时。陈年写过书，也教过书，写过剧本，拍成电影，还三不五时参加活动，制成节目，教人读书。过不了几年，他便可以着手撰写回忆录，虽然眼睛花掉了，但他的妻子还年轻，很可以助他完成。如果没有另一个王麦，他的回忆录会是多么洁净统一，翔实忠诚。他想起王麦轻蔑地说他"做都做得，说却说不得"，仿佛这是不对的。

可那正是他的信啊：可做不可说。他的大半生都是这样信过来。他不和她辩，就在深夜里写大字，"不可说"。他曾经害怕王麦，像杯水怕活鱼那样地怕。

二

陈年第一次见到王麦是在南方的海边，他受邀去参加一本杂志的年终颁奖礼。当时的北京是冬天，而南方不是。落地已经晚上了，天仍然不黑，陈年坐在去酒店的车里，大开着窗——两旁是南方的树，大叶片在暖风里招展，像大佛的柔掌。慷慨的天光像海水一般，是荧荧的透明的蓝绿色，披在一样样东西上，仿佛东西自己闪着光。风携着露水摸进了陈年的眼睛里，陈年的眼眶就软了，又摸进他的鼻子，他的心腔就润了，最后摸进了骨头里，他的人就轻了。北京远远地在身后了。那干燥的，牢固的，混凝着灰土的响亮的，都一并在身后了。他开始觉得衣服穿多了，胸口沁出一层薄汗。

陈年下了车，三两步就进了酒店大堂，惊讶于两腿的轻盈。一个穿短裙的姑娘小跑迎上来："陈老师？"

"哎。"陈年干脆地应着，知道是杂志社的接待。

"这您的房卡，日程，还有三天的餐券，"姑娘在肩上的大包里翻出写着陈年名字的信封，左胳膊伸出去高高一指，"电梯在这头，您是十四层，早餐七点到十点。"

"好嘞。"陈年接过信封没有打开看，知道里头有钱。

房间很敞阔，陈年进了屋走到尽头，拉开窗帘和玻璃门——露台也很敞阔。天终于黑了，风却还一样温润。他听到一句句懒懒的浪声，循声看出去，酒店里圈着一片海。

"陈老师？"

陈年回到屋内，才听见门铃和人声，开门看，是大堂里的短裙姑娘。

"进来坐。"陈年招呼着，猜测是社里有事情嘱咐——明天有一场他和几个作家的对谈。

"没事儿，我来给您送个火机，"她亮出手心里攥着的打火机，放在茶几上，"他们房间里没火柴。"

"哟。"陈年自中午上飞机，的确有大半天没抽上烟，"谢谢谢谢，"他为了表达感谢，立刻点起一支来，"你知道我抽烟？"

"啊，"她眼睛圆圆的，和那夜晚的天光一样清凉，"之前您来社里，就进我们主编办公室抽烟。别人主编可都不让。"

"嗨。"陈年听来觉得惭愧，嘴里猛吸两口，掐灭了，又把打火机拿在手里，"谢谢你，真没人对我这么好过。"

这话似乎重了，令她有点窘，轻轻扯着包向他解释："我备了好些呢，不是单给你一个人的。"

陈年笑了，这时才问："你叫什么名字？"

"王麦。"

"王麦，"陈年想起了故乡的女同学，这巧合有点令他兴奋，"我从前也认识一个王麦。"

"真的？"她开玩笑的心情太急切，嘴巴脱了缰："不会是我妈吧。"

话出了口王麦自己又听见，才知道没道理。陈年这时倒不笑了，眼光对着她的眼光，像在琢磨什么。王麦跟着也琢磨，心里细究下去，曲曲折折拐到了小路上，脸就红了。

她脸一红，陈年的脸便也可以红了。

"这会儿还有饭吗？"陈年先回过神，岔开去问。

"酒店里没有了，"王麦为难地这样说着。陈年明白她没权给房间挂账，"不过，有几位老师约了十点钟出去吃夜宵，这会儿，"她看看手机，"九点四十六了。"

陈年问都有谁，王麦说了几个名字，陈年一听都还成，就决定也一起去："咱们就在这儿等一等。"

王麦点着头，忽然不能像刚才自在："那……我能也抽烟吗？"

"能啊！"陈年把手里热乎乎的打火机递过去，短促地想了想，"我媳妇也抽烟。"

"嗯。"王麦又看看手机，"九点四十八了。"

四男三女，挤进了一辆车。司机一听说"夜宵"，便嚷着"我懂我懂"，逃命一样地奔起来，半小时才赶到一家稀稀落落的排档，脚底下是土路，房后似乎就是村了。老板迎上来，一张口是北方人。几个女的有点怕，男的一挥手："既来之，则吃之。"

总归是那几样海鲜，清蒸辣炒，煮汤煲粥，搭着冰啤酒。王麦明白她是结账的，可是老板偏不给菜单。

"你们吃什么，就说，我后头一做，就完了。"北方男人敞着眼睛笑着，满不在乎地挥着大手，"完了一块儿算！"倒像是王麦在跟他客气。

"可是……我们要先看菜单呀。"王麦不甘心。

陈年在桌底下伸出手，压在她胳膊上，小声地："你别管，我来结。"

"不用不用，"王麦几乎从凳子上弹起来，声音也是同样的小，"不是这个意思……"

"好了！"陈年的眼神和声音都严厉起来，"听我的。"

王麦低下头，嘴里咕哝着。

"坐好。"陈年命令她。

王麦坐直了一点，眉毛还皱着。

"裙子拉一拉。"

王麦就忍不住笑了。

一桌子七个人，除了王麦都是"老师"，都是弄字的人，都不那么爱啤酒。起先的兴致是为了相互知名但不熟，等聊开来熟一些，兴致就淡了。酒不诱人，海鲜味道也欠鲜，烟就很快抽光。王麦主动去买，问哪里有店，老板朝黑处一指："那下头，有个小铺，关门了你就敲。"

王麦一路提着心，图快买了整条中南海，不敢讲价钱，买了就走。走回到一堵半米多高的砖垛底下，看见旁边站了人——几个本地的青年，瘦瘦小小的，见王麦过来，嘴里叽里呱啦地热闹起来。

她便不敢走了——穿着短裙，怎么敢在这些眼睛里抬腿上去呢。青年们见她不动，觉得有趣了，更加说说笑笑，渐渐要走近。

王麦望着垛上远处的光，心一横，大声喊："陈年！"

后来的日子里，陈年老提起这件事来笑她，学她的样子，苦着脸："哎哟，吓得呀，'陈年！''陈年！'"

王麦反驳："我没喊那么多声儿！我就喊了一声儿！"

她一喊陈年就听见了——她刚走他就站到了路口去，等着迎她。一听她喊，陈年立刻急了，几步跑过去，边跑边也喊："怎么了怎么了！"

青年见有人来，就散了。危险没发生，王麦不好意思起来："没事儿。裙子有点短……不好抬腿。"

陈年还警惕着，等那几个人都走远，两下脱了衬衫，围到王麦腰上去。王麦顺从地抬着胳膊，像是交给裁缝量。陈年先把两只袖子在腰里绑了个死结，再前后看看，又蹲下把衬衫扣子一颗颗扣好——就真成了条裙子。

他仍然蹲着，脑袋就伏在她的小腹前。王麦把手背在身后，不然就要伸出手去摸他的头顶、耳朵……好像风一下子停了，四下里忽然静了，南方的夜里王麦的脸烧起来了。陈年吸着气闭上眼，喉咙里像是吞了一团热沙，压住心口。他感到一浪一浪的快乐，想唱歌。

"好了！"陈年站起来，拍拍她的肩，"大方了。"

"嗯。"王麦从鼻子里挤出瓮瓮的一声。

他们同时侧过身去，躲开对方的眼睛，因为脸上的笑再也藏不住了。

三

"你怎么了？"老七问陈年，"是不是谈恋爱了？"

"怎么了我？"陈年一惊。

"老发呆。"老七眯着眼睛，磕一磕烟灰，"手机老在手里捏着。"

"最近事儿多。"陈年应付着。

"到时候啦。"老七拖着长音，没头没脑地说。

陈年猜不准老七认为到了的是什么时候。大学时候他们住同一间宿舍，老七就是八个人里排第七。陈年最小，办事讲话却最显老成，便没人喊他老八。陈年和老七从小就认识——两人的父亲也是朋友，同一批从干校回北京。于是两个儿子一同上学，一同逃学，一同骑车划船，喝酒抽烟——分数不算太要紧，陈年读书多，父亲的朋友也多，给他考个文科足够了。

两人的不同是从大学毕业开始的。分配的单位陈年都觉得不配，想进高校讲课，请父亲去打招呼，父亲不打。陈年也不急，你不打有人打，就去找和父亲一批的叔叔。叔叔一听乐了："你爸不管你？我管。"

陈年自己连系都选好了，书记是哪个，一说，叔叔心里有底："一个电话的事儿。"

"您现在就打吧。"陈年把电话推过去。

老七却决定做生意。先倒了几批书，试过水，就多筹了钱，倒衣服鞋帽，一趟趟地跑到广州去。陈年的第一本随笔集出版的时候，老七挣到第一笔一万块，张罗着请客，让都来，认识不认识都来，问大伙老莫还是玉华台，陈年说玉华台。

陈年一向吃饱了才喝酒，所以总剩他一个不醉。老七第一个大了，两根黑瘦的胳膊在陈年脖子上吊着："你是不是对我有意见。"

"没意见。"陈年摇头。

"你这个态度就是有意见。"

老七缠着不放，陈年索性认真："老七你理想是什么？就是钱吗？"

"钱怎么了？"老七反问他。

"总归是……"陈年措不好说辞，"还有更高贵的事儿吧。"

"'高贵'，"老七啧啧回味，"工人阶级最高贵！现在都在哪儿呢？"

陈年没说话，挑衅地盯着他。

"陈老师，"老七提起肩膀，又顺着椅背出溜下去，"钱，不高贵，但是！钱干净。"

现在老七就有许多许多钱，一手做餐饮，一手做艺术品收藏，顺带养着几家小书店，还即将进山修座庙，邀请陈年也参加。陈年看着老七平摊在腿上的肚子心想他和这时代配合得真好，他和他自己配合得真好。他数数看自己，三十二岁时提了副教授，三十三岁就辞了公职做闲人——当时很算是新闻的，如今闲人多起来，自由似乎不稀奇了。

还没轮到他的时候，时代是三五年一变的——有时两个半年劈开，也是天上地下。可是一轮到陈年，时代仿佛懒得管了，不给他父辈那般的起伏考验。陈年离开体制，以为是开始，没想到真就闲淡了下去。他早早摆好的反叛姿态，如今成了顺应——当他发现这一点却已经迟了，他的心脏和骨头开始老了，只好仍然那样僵硬地摆着。他觉得他是被欺骗了。他们的父亲都去世了。

没过几天，老七给陈年置了间工作室，方便他见人谈事，又因为置在郊区，远，所以"万一晚上回不去，睡这儿也正常"。老七说。

陈年就大体明白他说的"到时候"了。

四

原来恋爱是这样。陈年日日夜夜持续地激动着，惊讶于他的恋爱竟是这样迟来，又这样崭新。

"我是第一次谈恋爱。"他拉着王麦的手告诉她，心里充满对自己的怜惜。而她从经验出发，只当是一种喜新忘旧的表白。

从南方回到北京以后，陈年主持着给王麦搬了家。他看中那房子里沉重结实的木头家具；白墙已经不白，映着曾被长年遮挡的灰黑形状；地板是实心实意的木头，踩上去咯吱作响，闪着哑暗的红光，像干透的血迹。

王麦觉得这些家具太大了，整个房子都太大了，仿佛不留神就会压在她身上。她想换几样新东西，让眼前轻便一点点。陈年不许。

"就这样，"他笃定地说，"像个家的样子。"

他的生活开始紧张起来，每天一睁眼就跑到那房子里，踮着脚溜到床上去，看王麦睡觉，看她觉察响动睁开眼且一睁眼就能够露出笑来。他如果轻轻说："还早，继续睡。"她便真能继续睡，有时要睡上一两个小时。陈年的一条胳膊给她做枕头，另一条不疾不徐做一些温柔的探索。他的工作就等在这房子外面——许多人要见，许多会要开，可那是另一个世界的事，在这些早晨里他什么都不做，只看着她。他真羡慕她能够这样地享受睡眠，不觉惊扰。大概没人害过她，陈年想。

等王麦真正醒过来，他们才正式开始这一天。有时吃早饭，有时没时间。床也那么大，像一张四方形的海。陈年沉迷于亲吻，相较于激烈的明确他甚至更爱亲吻，令他忘情。而王麦更愿意要明确——第一次就发现了，他们完成得那样好，谁都不必委屈，竟会那么好。

"简直可以参加比赛。"王麦神情认真地说。

老天爷啊，陈年在心里喊。

他把她整个地监护起来，在他选定的房子里给她做饭，给她洗澡，给她穿衣服。短裤和短裙不能再穿了，低胸和丝袜"比短裤还恶劣"。他带她买许多布料充足的长裤、T恤和衬衫，盯着她穿："多好，明星都这么穿。"

王麦对着镜子皱眉头："像下岗女工。"

"胡说，"陈年批评她，"下岗女工哪舍得穿这么好的衣服。"

"走吧。"王麦一甩胳膊，准备出门上班。

"等会儿。"陈年把她扭回来，抬手扣那衬衫领子上最高一颗扣子。

王麦使劲儿挣："这个扣是不扣的！"

"谁告诉你不扣的？"陈年立着眼睛，"不扣为什么要做个扣子？"

"为了美观，真的！"

"美什么观，你这叫益街坊你知道吗。"

"什么？"王麦扑哧笑出来。

"益街坊。就是傻，便宜别人。过来，扣上！"

和每天一样，陈年把王麦送到杂志社旁边的路口，剩下的一小段要她自己走。下车时四下如果没人，可以迅速吻一下，如果有人，就在底下捏捏手。这一次王麦下了车，走出几步远，发现陈年也下车追过来。

"怎么了？"她紧张起来。

"这个扣子，"陈年严肃地指一指她，"不许我一走就解开。"

王麦忍着笑："那你亲我一下，我就不解。"

陈年迅速亲了，眨着眼问她："服不服？"

王麦服了。

五

　　头一年总是慢的，实打实的，一天是一天。第二年就快起来。他们还是一样的相聚，一样的分别，可是相聚前的等不及更甚，分别时的不舍得也越诉越沉重。他们的默契更丰满了，游戏更曲折，情意更加清楚，速度就更紧迫。

　　"那你是不是爱我？"王麦总是问他，次次都像从来没问过。

　　"是。"陈年踏踏实实地点头。

　　"是吗，"王麦想一想，"那我更爱你。"

　　这是甜蜜的斗争，可是令陈年恐惧。爱与更爱，孝与更孝，忠诚与更大的忠诚——她懂什么？陈年高高地看着王麦。她可不知道这样的斗争里有生死。

　　他第一次感到戒备，是王麦终于问他："她什么样子？"

　　陈年尽力表现得不把这话题当一桩事："就是那样，你知道的。"

　　这样的敷衍，反而使她能够接着问："我怎么知道？"

　　"就是老夫老妻那样的，没什么。"他太太并不是老妻，比王麦大一些，小他十几岁。

　　"老夫老妻什么样？"

　　"总之不像我和你这样……就像你爸妈那样。"

　　"我爸妈感情好的，天天吵架。"王麦的眼睛已经睁得很大。

　　"我们不吵架。我们有事才说话，没事不说话。"他神色很坦荡。

"什么样的事算有事？"

"……比如，有我的快递寄到家，她就告诉我一声。"

"那，"王麦问题储备不足，顿一顿，"都有什么快递？"

陈年松了气，笑出来，把王麦脑袋扳进怀里："你担心什么，我只有你。"

王麦不出声。

"我只有你，"陈年捧着她的脸："我说这话，你明白吗？"

"什么？"王麦大声喊，"你捂上我耳朵了，听不见！"

陈年叹气："不说了！"

在房子里的时候，他们做什么都在床上。陈年添来一张黄花梨小方桌，吃饭时搭上床，倚躺着吃。吃饱了，就感到适意的昏沉。陈年拿一把宽木梳，缓缓地梳王麦的头发，像摸小猫的毛，不经意地："要是还让娶两个……"

王麦闭着眼睛，身上一僵。她那么信陈年，以为他是最文明的一批——他凭什么以为她愿意？她没说话，为了留恋当下的适意。如果她能把面对陈年时一句句咽下的话全部说出来，噢天知道，她也知道，这一切会比一支舞曲还短暂。

这支舞跳了两年，舞步终于乱起来。陈年的管束越来越紧，而王麦的期待越来越大。有一回吵起架来，王麦把那温存时的话扔回他头上——"娶两个！"带着愤怒和眼泪。陈年不吭声，心里坚决不认——人们总是曲解他的意思，只为了给他定罪——他所描绘的不是倒退，是进步，是融洽的集体的自由。她如果不同意，可以退出集体去，可她竟掉过头来来批判他，这怎么行？

于是他要先批判。一次王麦读新书，被他抓住，作者正是他不齿之流——青年新秀，面孔俊朗，文辞狂大，还梳个辫子——他称之为"假狠"。

"看这种烂书，"陈年夺去翻两页，愤愤地一摔，"烂书最害人，比烂人还害人。"

"你又不讲理，"王麦眨眨眼睛，"烂书不就是烂人写的，怎么会比烂人更害人。"

陈年一怔，生硬地往回掰："不是这回事——有彻头彻尾的烂书，但是没有彻头彻尾的烂人……人，人都是有原因的。"

王麦便不说了。她知道陈年往下无论说什么，总是在说他自己了。而如果你要他真正地说说他自己，他便又"不可说"起来。

"过几天，我爸妈要来。"

陈年已经站在门口要走了，穿着一只鞋，回头看王麦："来看看你？那过几天我先不来。"

王麦坐在沙发上望他："也看看你。"

"你跟他们说了我了？"他走不出去了，鞋又换回来。

"说了，他们老问。"王麦的脸一半委屈，一半理直气壮。

"他们知道我是谁吗？"陈年沉默了半天问。

他知道事情不一样了。王麦的父母和他是一辈，他们懂得另一种对话。他没有单位，可是整个社会都是他的单位。

"'你是谁'？"王麦惊讶又好笑，"你是谁啊？"

他是谁？陈年在心里一片片地剖开。他是那些担不起丑闻的人，他是要写回忆录的人，他是指望名字活着的人——而他看得对，没人害过王麦，她所以是指望爱的。

陈年换了好声气，求王麦不要爸妈来，她不肯。她乖巧的时候是女儿，站起来与他争论就成了女人了，和他太太没什么不同——都要他负责任。他要两个责任做什么？

"不行，"王麦气喘吁吁地冒眼泪，像个丰沛的泉眼，"要么你跟我爸妈说，要么你回家告诉她……你不告诉我去告诉。"

陈年浑身发抖："告诉她，告诉以后我怎么办？你根本不知道后果。"

"后果是什么？"

"后果就是我完蛋，彻底完蛋。后果就是痛苦，后半生的痛苦。"他颓然。

王麦惊奇地："现在就不痛苦吗？我不痛苦吗？"

"就因为你痛苦，就得让我也痛苦，"陈年眼睛血红，"你怎么这么自私！受过教育吗！没学过孔融让梨吗！"

"让也是孔融自己让！可没人逼着他让！"

王麦一声比一声高，她的眼睛不再疼惜他，话也不留情。这个小小的人啊，曾经像他口袋里的一朵花，如今像一支孔武有力的队伍。陈年认得这个队伍，他一出生就被这队伍摘出去，过些年又招回来。陈年那时就懂得：这队伍永不会消失，谁的屁股也别想坐稳。这个夜晚，他在王麦身上认出了他们，也认出他迟来的考验——王麦就是他的考验。

"找个牙刷给我。"他轻声说。

"不走了？"王麦愣住一下，仍然冷冷的。

"别哭了，"陈年说，"我心疼。"

六

飞机落了北京，老七问陈年回哪儿，司机一道送。陈年说工作室吧，欠了几幅字要写。老七想了想说那我车送你，我另找个车回家——兜到郊区再回城太远了。陈年也不谦让，点头同意。这一趟把他累着了。

他答应了老七一同修庙，老七负责弄钱，而他是设计师。一年间他们跑下了国内国外十几座大大小小的庙，都不只是过路过眼，都要同住共修，时时还要苦劳动。据他所知，王麦离开北京也有一年了，而他仍不大敢回来，每次回来也不大有心回家去住——老七早有一双儿女，所以回京必要回家，而他没有这样的必要。他从不想养孩子。他没有，可他的姐姐有，就足够了，一个家有一个孩子就够了——他和他的父母、姐妹、伴侣，整个地加在一起，才算一个家。他和太太两人是少数，称不上一个家。他们是合用一间宿舍的情谊，如同室友的关系，而当他不在家时太太的心情——他猜测，大概就像室友外出过夜的心情吧。

"北京不好待。回家吧。"

这是陈年给王麦最后的话。他在那房子里住过那一夜，第二天便请王麦杂志社的主编到工作室去喝茶。他们是同一代，有共同的光荣要捍卫。

"你那有个小员工，好像是叫王麦？我听说，"喝到了第四款茶，陈年才不经意讲起，摇着头，"办事不行，不靠谱。"

主编起先不懂："小孩儿吧？都是老编辑带着，我没太见过。"

陈年咬咬牙："心术不正。这样的年轻人，能不用就不用吧。"

主编端起茶杯占住嘴，不说答不答应，也不问原委，另起了头聊别的。

临走了，陈年送人到门口，才忽然想起似的问："老周，你们杂志也做新媒体吧，集团支持吗？"

主编叹气："精神支持，财务不支持。"

陈年慢慢悠悠地又想起："我有个朋友，正想投点钱做媒体，你这儿要是行的话，我约上他，改天再喝茶。"

主编自然是行，不迭道谢，陈年摆摆手："你等我消息。"

主编便明白了，陈年说的是"我等你消息"。

王麦立刻没了工作，另一边陈年退掉了房子，三天之内搬出去。

"回家吧，"他知道王麦没有存款，远远地坐在她对面，"北京不好待。"

王麦哭了两天，第三天走掉了。爱不是爱了，她便没了指望，也不剩一丝斗志。陈年并不担心她垮掉——二十几岁的人，哪里不能站起来？如今他再想起她，更有由衷的羡慕——要是没有遇上他，她也许一辈子都是完完整整的自己，哪会有机会去反叛和重建？他就没有过。

陈年放下行李，洗了手，汲了墨，决定抓紧时间，完成两幅字两张扇面就睡觉。抽纸出来时，架上掉下一本旧书，扉页露出两道字——

左边是他的："陈年 购于一九九〇"。
右边是一阵呼啸的风："王麦 生于一九九〇"。

陈年不知道王麦什么时候写上去的。这行字令他恍然又看见当时的颜色，听见她清亮的喊声——可他的确早已经忘了。

他又记起了那张床，记起自己把最好和最后的都给了她，记起有一次当他们贴伏在一起，山峦与沟壑都贴伏在一起，她发出那个使他堕落的声音——

"爸爸。"像梦里的呢喃。

他记起当时的耳朵里那一声轰响，记起肌肉颤栗，骨骼融化。他仍然闭着眼睛起伏着，可眼前出现了所有光。他在那光里看见一切秘密敞开，看见了快乐的真正形状，看见他同时抓住了最为宽广的自由，和最深最深的埋葬。

烟烧到头了，落在扇面上。陈年吹掉那雪白的灰段，久久地盯着，下不成笔。他想他的人生就是这扇面的形状，越去越敞，越去越敞，险些收握不住——然而他是韧的，他活下来了。他为之自豪，又遗憾给他的考验太少。

他就像旷野中的芦苇，在任何一场风暴里都不会折的。

朋友
Conversation

陈年拐进地下停车场，把车顶进车位，紧贴墙面熄火，关紧车窗，点燃第一支烟，大口猛吸。

　　他一边吸烟，一边辛勤操作着手机，删除一些消息、来电、评论和照片。

　　第一支烟很快燃尽，陈年点上第二支。他意识到没有脱掉外套。他应该脱掉外套，让烟味浸染贴身衣物及皮肤。他衔着大半支烟，在狭小的空间里身体向前，两手在身后拽掉大衣。烟气冲进鼻腔和眼眶，辛辣刺激。陈年憋住呼吸安置好大衣腾出手取下烟，才耸动肩背大口咳嗽起来。他的眼睛完全红了。他摆弄镜子，看见自己流下眼泪。

　　车里已经漫成灰白色。陈年大叉开双腿，解开几颗衬衫扣子，捻着胸前一角扇动着，让烟味持续攻占。姑娘，他的姑娘，并不使用香水在身上。她家里的沐浴露，也在几个月前换成了陈年家同款。可你不得不承认，味道，你会带上一种味道它是独特的，陌生的，欣快并且可疑的。陈年注意到了这种味道，他每次都用烟味盖住它。

幸亏他抽烟。

零

陈年用钥匙拧开家门。家门里四处大敞大亮，幼黄色大块方砖有刺眼的反光。

王麦倚在客厅沙发的一头，手捧着一本书。她仿佛耳朵动了动，眼睛仍然盯在纸面上，喉咙里发出含混不清的一声：嗯。

陈年朝王麦的方向走过去，掏出手机、烟和打火机放在茶几上。

王麦一皱眉头：这一身味儿。

陈年脱了外套，在厨房洗手。

王麦：今儿是和谁，烟这么勤。

陈年：就那一帮子呗。

王麦：老七他们？

陈年：没都来。没注意。

王麦：非得抽烟？

陈年：一帮男的在一块儿，干聊，烟都不抽，那不出问题了么。

王麦把书扣在腿上：陈年。

陈年：嗯？

王麦：我问你。

陈年：嗯。

王麦：这些人里头，你和谁最好？

陈年：最好？没有。

王麦：相对好？

陈年：都一样。

王麦：一群人在一块儿，总有亲疏远近吧。

陈年：没有。我们不像你们女的。

王麦：你这句话就特像我们女的。

陈年歪着头看王麦：怎么像？

王麦：觉得自己所在的阵营比对面儿优越。

陈年摇头：不对，你理解有误。我光觉得不一样，没觉得优越。

王麦一笑。

陈年：你不信？

王麦：不全信。有不同的地方，但大部分是人的共性，这你逃不了。我就不信你没有一个最好的朋友。说二十几个人老混一块儿，都是朋友，那是划大圈儿，但你心里一定有小圈儿，小圈儿里头还有小圈儿，最小的圈儿里，就是最亲近的朋友。

陈年点上一根烟。

王麦也点了一根，看着陈年。

陈年：那你最好的朋友是谁？桔子吧？

王麦：不一定。有阶段性。

陈年：现在是谁？

王麦：现在，你吧。

陈年刚吸了一口烟，存在嘴里，眯眼笑。

王麦也笑起来：我可不是逼你说我，你可以说别人。

陈年：我之前是谁？

王麦：桔子。

陈年：什么时候变成我的？

王麦：前年，我妈走之后。你一直，在我身边儿。

陈年：那我觉得你这个对桔子不公平。我是你丈夫，我当然一直在你身边儿。

王麦不好意思地：不。"在身边儿"是我轻描淡写了，因为羞愧。我当时很糟糕我知道，你把我接管了，托着我往前走，一小步一小步，没有过一次不耐烦。后来每次回想我都觉得我不配。换个位置我不一定做得到。

陈年：桔子跟你不耐烦过？

王麦：那个时候？所有人都跟我不耐烦过。

陈年按灭了烟：那我想想，我最好的朋友……就老七吧。

王麦：嗯。为什么？

陈年：老七是个聪明人。

王麦：笨蛋就不配有朋友？

陈年嘻嘻笑：笨蛋不配有我这样的朋友。

王麦拿起腿上摊着的书，折好页放到一边儿：你最好的朋友要离婚了。

陈年：谁？老七？

王麦：是啊。你刚说的。

陈年：为什么？谁告诉你的？

王麦：当场抓获了。

陈年：什么当场抓获？

王麦：和一姑娘，就今天下午。你不知道？

陈年：我不知道。今儿晚上没他。

王麦：你不知道他有一姑娘？

陈年：我们也不是什么都聊。

王麦一笑：是，你们和我们女的不一样。

陈年：老七提的离？

王麦：这还有他提不提的余地？七姐提的。这没什么可商量的。

陈年：七姐和你说的？

王麦：晚上一直在这儿来着，哭了，刚走没一会儿。

陈年：你也没劝吧？

王麦：这会儿旁人没什么有用的话。七姐就是伤心没想到。

陈年：那你都说什么了？

王麦：帮着想想下一步呗。她要搬出来，我帮着找找房子。

陈年：还行，没说让来家里住啊？

王麦：你以为七姐现在看你能顺眼？

陈年：和我有什么关系，我真不知道。

王麦：知道也没你的责任。

陈年站起来：睡觉了。我洗个澡。你开会儿窗户换换气。

王麦抬头望着陈年：我挺嫉妒老七的。

陈年：嫉妒他外头有姑娘？

王麦：不是，我嫉妒……你坐下行吗，咱们再说一会儿。你也别天天光跟外人说话，你也跟我说两句。

陈年坐下，点了根烟。

王麦：我嫉妒他和你有秘密。你别说你不知道，我也不可能信。朋友是什么，就是有共同的秘密，别人都在外围。小孩儿最开始怎么交上朋友的？——"我告诉你个秘密你不能告诉别人。"对吧？

陈年：那你觉得这事儿，我知道了就该告诉你？

王麦：倒不是。这事儿是属于你们俩的。我们俩应该有点儿另外的，我们之间的秘密。我们之前是有的。

陈年：我不同意。你觉得我跟老七，比我跟你更亲密？不可能。

王麦：物理距离是更近，心理上就不好说了。

陈年：今天是要斗我吗？你是不是让老七这事儿给刺激了。我跟你说他们真不一定离，七姐也不一定猴年马月搬出来。我要是你我就先观望着，不急给她找房子。

王麦：你记得我们俩谈恋爱那会儿，有一回，扎小树林，太黑，你绊了一跤，小腿骨折了。

陈年：嗯，怎么了。

王麦：回家不好意思说，跟人说打球扭的。

陈年：嗯，怎么了呢。

王麦：就那会儿，我们俩还算有个秘密，你爸妈不知道，老七不知道。谁一问候你腿，你就脸一红，悄悄看我，我们俩心里一起乐。

陈年：嗯。

王麦：再就结婚，结了婚真是近了，天天一块儿起一块儿睡，可是近了以后倒再没有一句跟一句地聊了——"我就是这样，你不都看见了么"——你说是不是别人也都这样？家家都这样？

陈年：你意思是我跟你说话少了？

王麦：你看，误会也更容易了。

陈年盯着王麦：你敢说你现在不是在埋怨？

王麦：不是。我是在跟你探讨。

陈年：好。探讨。你表达吧。

负十七

王麦等了几个小时才被允许走进检查室，她两眼放光满心喜悦。

喝水了吗？医生问她。

喝了喝了。

什么时间喝的？

就大概，刚才，半个小时？

再喝一瓶。

现在？噢。王麦手忙脚乱地翻包。

快点儿。医生的低音天然威严。

好了上去吧，脱外套。医生对咕咚咕咚的王麦说。

她简直是蹦跳着，爬到台上躺下。等医生按下开关，就会把她送进舱里。到时候一切就都清楚了。这种叫作PET-CT的检查，将把她置于一种高级力量的目光之下，将发现那个真正的问题，使她知道自己究竟得了什么病。

真相未明，是多么困扰人啊。我们感受到混杂、长期、轻重不一的症状，可原因是什么我们总是不知道，即便是自己的身体。现在好了不用等了，不用再猜测和犹豫。王麦感到兴奋和庆幸她能够在这台机器上交出自己，交给一双专业的、经验丰富的眼睛，交给那种她的医学常识不足以精确理解的穿透力。她感到庆幸，可以等待答案。她是即将得到答案的幸运儿，不是每个人都能。我们究竟生了什么病？等我们知道了，我们就能够解决了。

机器轰响起来，王麦被送进舱里。

你笑什么。医生说。把嘴闭上。

负零点五

王麦：还要纸吗？

七姐：不用，我没哭。我就是体热，有点儿流鼻涕。

王麦：七哥这会儿，在家呢？

七姐：我让他收拾东西走。这几天我先住家里，然后再说。他反正有地儿去。

王麦：不再谈谈了吗。

七姐：要搁你身上，你还谈吗？

王麦：我不知道。

七姐：你知道他们俩好多久吗？四年。四年啊。四个春节，四个情人节，四个生日，我生日，他生日，他们俩的生日，一千几百天，就这么一天一天……我一点儿都不知道，谁也没让我知道。

王麦：我也没听陈年……

七姐：别提陈年。他们那帮人，一个也别提。一伙儿的。

王麦：我还是觉得，这么多年夫妻。

七姐：又怎么样呢？刀子都是从这么多年夫妻那儿来的。外人也伤不着你。

王麦：七哥什么也没说吗？

七姐：我忘了。他吞吞吐吐说了几句，我根本没听见。我脑袋里就俩字儿，四年。四年是什么你知道吗？四年就不是一不小心了，四年也是个家了。天呐。他有了另一个家了。

王麦：离婚也不是件简单事儿。

七姐：我问你，你和陈年，还有性生活吗？

王麦：我们，有时候有。

七姐：如果永远不能再有了，做不到了，还算是夫妻吗？看到对方就想起另外一个人，需要换上一张脸过日子，这种生活你要吗？

王麦走到厨房，倒了两杯水回来。

王麦：我理解你现在，愤怒。

七姐：失望。过去也有好时候，可是突然都不算了。连个体面的通知都没有，悄悄的，就不算了。四年。他晚上回了家躺在我旁边心里想着别人，四年。为什么不能告诉我呢！我连句实话都不配吗。

王麦给她递纸：心里还有你，想要这个家，和你的家。

七姐摇头：我要不了了。谁也不能怪我。

王麦：不怪你。

负三百一十七

老七：全怪我。

陈年：说不出口？

老七：说不出口。

陈年：真决定要说了？

老七：不知道。

陈年：嫂子就一点儿没察觉吗？

老七：不知道。可能吧。不知道。

陈年：不能再拖了。

老七：马上四年了。

陈年：真是一晃就。

老七：一千三百天。

陈年惊奇地笑：你算的？

老七：她算的。

陈年：要不就断了？

老七：难。

陈年：难在哪儿？

老七：在我吧。舍不得。

陈年：人家催你吗？

老七：越来越不催了。越来越像是早晚的事儿了。

陈年：还真是全怪你。

老七：你要是我你怎么办？

陈年：反正不能两头儿难。选一头儿，选完了怎么难都能办。

老七：你怎么选？

陈年：我不能替你选。

老七：你那边儿呢？你选了吗？

陈年：我一开始就选了。

老七：你选了。呵。你觉得都是由着你选的么？

负零点五

七姐：都是他选的。房子，车，地板，挂墙的画儿，和你们吃饭我穿什么衣服，都是他选的。说不要就不要了。

王麦：七哥没说过不要。

七姐：还得怎么说！他就是不要了。他选了别人了。

王麦：还是偷偷地，瞒着你的。

七姐：感人吗？是吗？值得同情吗？

王麦：七姐这四年，你一点儿都没察觉吗？

七姐：没有。

王麦：你想过这是为什么吗？

七姐：我缺心眼儿。

王麦：不。

七姐：我不称职。

王麦：不，不是。

七姐：我活该。是吗？你是这个意思吗？

王麦：不是我完全不是这个意思。我的意思是……你应该、咱们应该考虑到这一点——七哥得是做了多少努力，才能让你毫无察觉。我意思是，他也很辛苦，他在保护你。

七姐：他在欺骗我！

王麦：是。

七姐：他保护的不是我，是他自己。

负三百一十七

老七：累了。

陈年：是。

老七：都他妈是陷阱。

陈年：还假装不是。

老七：废话。

陈年：后悔了吧？

老七：别走到我这步。

陈年：我没打算。

老七：由不得你。

陈年：我和那边儿讲得清楚，我不暧昧。你情我愿的事儿。

老七：情愿，情愿是要变的。

陈年：我是说好了的。

老七：你结婚的时候，不也说好了。

陈年：你怎么跟女的似的。

老七：我真希望我是个女的。

陈年：女的就不犯错儿吗？

老七：女的比男的有资格。

陈年：她们还不犯。

老七：她们不心慌。

陈年：对，她们不害怕。

老七：她们总知道该怎么办。

陈年：天生的吗你说？

老七：天生的。

陈年：要是跟七姐离了，你想她吗？

老七：想。

陈年：她要是再结婚……

老七：受不了。

陈年：那要是你再结婚……

老七：我有病吗我还结婚。

负零点五

王麦：我有病了。

七姐：什么意思？

王麦：不好的病。

七姐：大病？

王麦：淋巴瘤。

七姐：陈年知道吗？

王麦：刚查出来。

七姐：陈年不知道？

王麦：不知道。

七姐：你们俩，

王麦：我们仨。

七姐：陈年……

王麦：有一个姑娘。

七姐：有一个姑娘……

王麦：我只知道有这么个人。我想应该是个姑娘。

七姐：说开了？

王麦：没有。

七姐：说吗？

王麦：我不知道。我有病了，他有个姑娘。这是两件事儿。我只能说一个。说了这个，另一个就不用说了，不能说了。我还没，我还没想好。

七姐：你想说哪个？

王麦：我没想好。要是他知道我这个病……

七姐：肯定不会离开你。

王麦：义务。

七姐：同情呢？

王麦：也没好到哪儿去。

七姐：你不要吗？

王麦：我不知道。

七姐：那这姑娘，他们俩现在是……

王麦：我不知道。

七姐：你知道多久了？

王麦：我不知道。不好说。我也不知道。

七姐：那你是怎么知道的？

王麦：我就是知道。这种事儿，女人不会不知道。

七姐：跟他谈吗？

王麦：我不知道。

七姐：害怕吧。

王麦：我怕。我怕他撒谎。

七姐笑起来：他们的努力。

王麦：维持原状。

七姐：世界和平。

王麦：变心没什么。变心我能接受，可是撒谎，撒谎才是背叛。

七姐：轻蔑。好像你并不配知道。

王麦："我变心了"，有那么难吗，我变心了。

七姐：也许没变呢。

王麦：肯定有什么东西变了。

七姐：没意思了。

王麦：忘了。

七姐：忘了。所以再去找。

王麦：不在家里。

七姐：不在家里。

王麦：那家有什么用呢？

七姐：家不变啊。

王麦：家里有我。

七姐：女人，现成儿的。

王麦：在他眼里我不是女人了，我应该没有性别。我是他的朋友。

七姐：你不是。他们是朋友。你们是夫妻。

负三百一十七

陈年：你说夫妻，到底是什么关系？

老七：制度，所有权。

陈年轻蔑地：你结婚的时候是这么想的？

老七：当大人，负责，性生活许可证。

陈年：你结婚的时候是这么想的？

老七：我忘了。我是一步一步，按前人脚印儿走的。

陈年：不结能怎么样呢？

老七：不结不行。

陈年：怎么不行？

老七：就是不行。

陈年：现在还这么想吗？

老七：还这么想。

陈年：结了不也是对不起？

老七：谁能一辈子对得起。

陈年：谁规定的非得一辈子？

老七：你结婚时候就这么想的？

陈年：我结婚的时候……以为前头还有。

老七：没有了。越来越没有。

陈年：从什么时候开始到头的？

老七：从所有秘密都说完了的时候。

陈年：榨干了。

老七：透明了。

陈年：还不能结束。

老七：不能。人家是跟你一辈子的。都说好了。

陈年：一辈子。

老七：还好久呢。

陈年：七。

老七：嗯。

陈年：你害不害怕？

负四十二

老头儿给老七开了门，回身就往里走。老七跟在后面，看见父亲的棉毛裤上，在屁股的位置，有一个窟窿。

有拳头那么大。老七心想。不，比那还大，有碗口那么大，抻平了的话。不是那种大碗，是那种小号儿的饭碗。我的父亲，屁股上有一个碗口大的窟窿。

还行啊？这些日子？父亲问他。

还行。父亲坐下了，老七环视着屋里。没什么可看的，这屋子几十年没有变。不过是越来越旧，越来越乱。老七知道自己看不出什么。七姐比他来得勤。

前两天上趟医院。父亲拿出一沓纸，给他看。

老七接过来，以为是病历，一看是收费单。

都查了？大夫都怎么说的？

老三样儿。现在是检查越来越贵，药越来越贵，吃完也就那样儿，也没见好，也死不了。

岁数到了，该吃的药都得吃——我妈锻炼去了？老七问。他心里设计着，待会儿临走该怎么留钱。

锻什么炼，扯闲天儿去了。父亲点根烟，把火儿扔给老七。知道老七不抽他的烟。

老七数着，和父亲分别抽了四根烟。他知道今天可以了，四根烟的时间对父子双方都不造成负担。他站起来，痛痛快快地出门。

钱我放柜儿上了。他在关门的同时大声说。

他没去听父亲的回应。他感到复杂的羞耻，感到前途无望。他跟在父亲身后。父亲七十多岁，屁股上有个碗口大的窟窿。

零

王麦沉默。

陈年：你表达吧。表达啊。

王麦：你这样我有点儿害怕。

陈年：你害怕？

王麦：有一点儿。

陈年：我觉得你不怕。你什么都不怕。咱们现在探讨的是什么，你知道吗？探讨完了有没有解决，你想过吗？我们俩结婚多少年你记得吗？

王麦：八年，快九年了。

陈年：八年，两个人结婚八年相处方式有变化了这不正常吗，不普遍吗，你认为这就有问题了需要解决对不对？我不这么认为。我认为这是现实，需要适应。必须适应。如果你适应不了……

王麦：怎么样？

陈年：我不知道。

沉默。

王麦：所以你承认有变化。

陈年吐了口气：行。我承认。

王麦：你不跟我说。

陈年：你每天每天都看着我。

王麦：你也没说。

陈年：这不是很大的问题——这不是问题，是现实。

王麦：陈年，你跟我是朋友吗？

陈年：不是。我跟你是夫妻。

王麦：夫妻也是伙伴。夫妻也不该隐瞒自己。

陈年：我没隐瞒。

王麦：你也没袒露。

陈年：我害怕。

王麦：你害怕？

陈年：我害怕。

王麦：害怕什么？

陈年：我怕你问我害怕什么。

王麦：你不信任我。

陈年：你埋怨我。

王麦：我信任你。

陈年：我怕失败了。

王麦：假装没事儿不代表成功。

陈年：你妈走那年，一直到第二年，你是另一个人你知道吗。

王麦：我知道。

陈年：我当时就想，别的不管，一定把你救回来，别的都不管。

王麦：救回来以后呢？

陈年：就像现在这样。生活。

王麦：现在这样更好吗？

陈年：它至少是生活。

王麦摇头：顺流而下的。

陈年：日复一日的。

王麦：有口无心的。

陈年：就是生活。

王麦：你对它满意吗？

陈年：我接受。

王麦：你不当我是朋友了。

陈年：我们是夫妻。

王麦：总好过路人，是吗？

陈年：你这么认为？

王麦：你不？

陈年：我举个例子，我给你一万块钱，路人给你一万块钱，哪一笔你记得时间长？

王麦：这当然不一样！你是日常，路人是特例。

陈年：再举——我猜到你心思，陌生人猜到你心思，哪一个你更感动？

王麦：听懂了。结论呢？

陈年：这是生活。

王麦：那我想你成功了。

陈年：尚未失败吧。

王麦：咱们还不老。

陈年：在变老。

王麦：你恨我吗？我看着你变老。

陈年：证人。

王麦：对。

陈年：是。只有你。我也看着你变老。

王麦：我因此感激。

陈年：变老，变无能，变平庸。

王麦：谁的世界都不新鲜了。

陈年：我害怕。为什么你就不害怕？

王麦：我不怕死。

陈年：我也不怕死。我怕老。

王麦：你怕生病吗？

陈年：变老就是最大的病。

王麦低下头。

陈年：你喝茶吗？

王麦：你喝吧。

陈年：要是还说话，我就喝杯茶。

王麦：你记得第一次吗，第一次晚上不喝咖啡，改喝茶。

陈年点头又摇头：嗯。哦不，不记得。

王麦：你记得你第一次对熬夜感到难受吗？

陈年仰起头：我记得……我记得第一次喝不了冰水——好几年前了，在老七家，一口下去牙就僵了，脑袋里头嗡一声。那还不到四十岁。

王麦：也不愿意冒险了。

陈年：大多数冒险没什么乐趣。

王麦：我记得一个第一次——逛街看一条裙子，真好看。知道好看，也知道不该我穿了。

陈年：你也没比从前胖，一点儿都没有。

王麦：和胖瘦没关系。你知道是什么吗是眼睛，穿衣服的不是皮肉，是眼睛。衣服不能再穿，是因为眼睛衬不住了。

陈年：七姐从这儿走以后，去哪儿了？回家了？

王麦：说是回家了。老七应该不在家。

陈年：去哪儿了。

王麦：我不知道。你是不是想给他打电话？我可以不听。

陈年：不打了。他要是想说就给我打了。

王麦：你看，这就是我说的，你们互相信任。

陈年：我如果也这样对你，就变成不够关心了。

王麦：给我也倒一杯吧，我想喝了。

负五百七十九

七姐辗转反复许多天才下定决心独自去看一场电影。那是资料馆的一场小型放映，《霸王别姬》。她的丈夫老七不会陪同——她没开口问过，怕换来惊异和揶揄而不是鼓励。也没有邀请女伴同去，人选她在心里过了一遍，觉得谁都不合适。她四十岁，坐办公室，从来不网购，每周探视两家父母，做饭顺口好吃。她的社会属性并配不上这样一次行动，她不希望任何外来因素打扰了好不容易建立起来的勇气。

于是七姐独自去了，看那场电影。她喜欢年轻时候的张丰毅，喜欢年轻时候的陈凯歌。她自己坐在第一排，避开身后的大学生。"我本是男儿郎"挨了狠揍的时候侧门儿迟到一个人，猴着腰虚着腿进来坐在了她身旁。

七姐恼，她蓄积已久的又孤独又自由的短暂世界，让这个人给破坏了。她的呼吸频率变得紊乱，时而短促时而深长，不敢再全心入戏，怕遭到暗中取笑。他们两个要共同经历这部电影了，即便是本不相识的观众即便一声不吭。他们在无声地分享，无声地相互作用。他们毫不知情地决定着对方的感受和反应，用出生以来的所有经历，秘密的爱情。七姐不得不挪用一部分注意力来观察对方，以确认对方是否观察她：是一张年轻的脸，年龄几乎是她的一半。鼻翼挺括，嘴唇丰劲，那么像，年轻时候的陈凯歌。在诡秘的光影里，他离她那么近。七姐感到舌根发胀，心上泛起一股甜味，像二十岁，忍不住想要笑。

年轻陈凯歌发现了七姐的目光。他狐疑地瞧了这位大姐两眼，掏出手机漫无目的地划了两下，站起来去后排找了个座儿。

在黑暗里七姐的脸像炉火一样烫。她坚持了数分钟，猛地起身走出放映厅。门外有冷风，帮助她回到今日的年龄。她压下久违的羞愧，抹掉眼角的泪水，只有一滴。

零

七姐捏着钥匙，锁拧了一半听见门里有声音，又拧回去半圈儿，抽了出来。老七站在门里，两人都不动。

七姐抬手敲了敲门。老七马上打开了。

七姐低着头往里走。

老七：怎么敲门了？

七姐冷冷地：我不知道家里几个人。

老七：一个人。我。你回来，就是俩人。

七姐：你别往我身上推。我回不回来跟你无关。你也不用回来，我不盼你回来。你怎么还不走？

老七：你是上陈年那儿去了么？

七姐：王麦那儿。

老七：一回事儿。

七姐冷笑：不是一回事儿。

老七：咱不吵了，行吗？

七姐：我想跟你吵吗？我看都不想看见你。你怎么还不走？

老七：我特别累。我有点儿困了。想睡觉。

七姐气得身僵：郑宏利！这么多年我才发现你是个流氓。

老七：你喊我大名儿干什么……不是赖着你，我不是赖，我就不想今天……明天再说行吗？就再过一天。

七姐：不行。百害无一利。

老七：怎么无一利呢，咱们都好好睡一觉，明天再……

七姐：不行！我看着你睡不着。我恶心。

老七：都说了不吵。

七姐拎起包和衣服：你走不走？

老七拿了把椅子，堵门口坐着：不走。

七姐突然哭起来，哭了几声断然止住：你说吧。我听。你捅死我吧。

老七：你知道我没话说。

七姐：那你还不走，我就问你，你为什么不走？你为什么不走？你为什么不走？你为什么不走？你为什么……

老七截住她：我害怕。

七姐：是吗？

老七：走了就完了。

七姐：你以为完是今天完的？我告诉你，完是从你伸手第一天完的，四年了，咱们俩完了四年了。

老七：之前……没看见这一天。

七姐：别装了！我就不信你没想到有这一天，我敢说你这四年天天想着这一天！总算来了。不用盼了。过年吧。放炮吧。我成全你，我解放你。

老七：不是。

七姐：你没盼着？

老七：我没盼。

七姐：你没盼，有人盼。你也替人家想想吧。我告诉你，咱们俩肯定是完了。你别白忙，你赶紧捡一头儿，别到了最后两头空。

老七：我不怕。几头空我也愿意。

七姐：你愿意的事儿太多了。

老七：你可以骂我。动手也行。

七姐：我不稀罕。

老七：我没撒谎，真的——才知道回不了头，才知道不要不行了。

七姐：要的时候不知道？

老七：不知道。真的。不知道。

七姐：也没想到有这么一天。

老七：没想到。

七姐：以为爱都是好的，爱一个没必要不爱另一个。

老七：……是。

七姐：就奉献，周旋，表演，苦了你一个，幸福千万家、两个家。

老七不说话。

七姐：你管她那儿，叫家吗？

老七：谁那儿？不。

七姐：那叫什么？

老七苦恼地：咱别说这个……

七姐：不说你就走。

老七：叫她那儿。就叫她那儿。她管她那儿叫我这儿。

七姐：那你如果要去，就说，我晚上上你那儿？

老七：嗯。

七姐：她如果找你，就说，你来不来我这儿？

老七：嗯。

七姐：难不难受。

老七：习惯了。

七姐：图什么。

老七：咱不说这个。

七姐：她图什么？爱情是吗？

老七不说话。

七姐：你图什么？

老七：咱不说这个好吗。我说不出口。我不知道。

七姐：就为上床吗？

老七：我不想说我不想让你难受。

七姐有了点笑意：我觉着你比我难受。

老七：你想让我好过一点儿我知道。

七姐：我想让你认清现实。你心里有她，老想看见她，看不见就想她，不光为上床说说话也高兴，你爱她——这有什么不能承认的？爱人不是错儿，不是爱上谁就立马变混蛋了我没那么狭隘。

老七：行。我承认。

七姐：你们多久见一次面儿？

老七：不一定，看我的时间。

七姐：你看我的时间。

老七：对。

七姐：都在哪儿见？

老七：她那儿。

七姐：来过家里吗——来过这儿吗？

老七：没有。

七姐：为什么？

老七：规矩。

七姐：她想来吗？

老七：没说过。

七姐：她想结婚吗？

老七：想。

七姐：跟你？

老七：跟我。

七姐：你怎么说的？

老七：忘了。

七姐：你让人等着你，对不对？

老七：……对。

七姐：她理解你，她还心疼你，对不对？

老七：有时候不。

七姐：也闹过，要分开，找别人，对不对？

老七：对。

七姐：你不同意？

老七：嗯。

七姐：求人家别走，等你，保证离，对不对？

老七：对！

七姐：看不见她的时候天天想吗？

老七：天天想。

七姐：那怎么办？

老七：打电话。

七姐：怕她找别人，查岗。

老七：对。

七姐：她找过别人吗？

老七：找过。

七姐：你发火儿了吗？去人家门口堵了吗？动手打她了吗还是苦苦哀求？你哭了吗？

老七：对！我发火儿了我去找她了我天天堵门口等着她我一见她就哭了！我不是人！我比谁都丢人！

七姐：有过孩子吗？

老七：什么？

七姐：你们俩，有过不小心吗？怀过孩子吗？

老七：……怀过。

七姐：打了？

老七：打了。

七姐：你可真混蛋。

老七：我没说我不是！

七姐：你现在可以走了。

老七：我不用你给我自由。

七姐：你根本不想要自由！你要人捆着，要人拽着，你要不知所措，你要焦头烂额，不然就心慌。你要天天有好事儿，还要天天有坏事儿。你要做业绩，还要搞破坏。又想骗人，又想说实话。一边干坏事儿，一边充好人。你太贪了，天底下没人比你贪。

老七：是是是。你说的都对。

七姐：你走吧。我不成全你。你不就想要有限的自由吗，在我这儿你找不着了。

零

王麦抬起头：陈年……我找不着你。

陈年：什么意思。

王麦：你就在家里可我找不着你。

陈年：我不就在这儿跟你说话呢吗，已经说了（看表）一小时四十分钟了。

王麦：你不在家的时候家太大了，你一回来，它又显得太小了。

陈年：在哪儿都一样。只要有人，在哪儿都一样。你们太拿家当回事儿了。

王麦：我如果在客厅，你就进卧室。我要是在卧室，你就去书房。

陈年：分头做事儿，分头活着。

王麦：你们在乎的，永远是外人。

陈年：不是外人，是外面，外面有正经事儿。

王麦：你别躲，行吗，我就求你今天别躲我。

陈年：从来没想躲你。

王麦：去年冬天去三亚，你记得吗？

陈年：行，记得。你们不是玩儿得挺好的么，女的凑一块儿，买一堆东西。

王麦：行程是谁安排的来着？谁秘书？

陈年：周游，老周秘书。

王麦：对，那小姑娘。

陈年：你是又觉得人家俩有事儿了？

王麦：没有。我是要说那小姑娘，糊里糊涂的，给我们俩订了两间房。

陈年：噢。是。我拿了房卡才发现。

王麦：我也是。

陈年：你也没提出来退一间。

王麦：你也没提。

陈年：你也没提。

王麦：我觉得你更愿意自己睡，更自在。

陈年：我觉得你也是这么想。

王麦：对，你说的对。是的。那几天我睡得很好，特别好。

陈年：我也是。

王麦：你说这说明什么？

陈年：说明……咱家应该换大房子？

王麦：你又躲了。

陈年：好，我回来。说明人都需要自由。

王麦：人只有在不自由的时候才需要自由。

陈年：我没有这个意思。你又上纲上线。

王麦：除了自由，你就没有别的需要了？

陈年：我当然有，吃饭，睡觉，挣钱，过日子，休息，我需要休息。

王麦站起来：休息好哇，那上床吧，咱们现在就休息。

陈年顿了顿：你先去，我电脑上还有点儿东西我先……

王麦：不！今天谁也别先。要睡就一块儿睡。你说得对，人不是都有需要吗，太巧了我也有。走吧。

王麦大睁着眼睛，盯住了陈年。

陈年：我今天太累了。

王麦走近他：我帮你。

陈年笑：别闹了，听话，你先去，我再忙一会儿，

王麦：那我跟你一块儿弄。

陈年：你这不是捣乱吗。我就还有一点儿事儿，一会儿就完，完了我还得洗个澡，你就别等我了，你先睡……

王麦：对。你又要洗个澡。然后就是——"睡吧，我已经洗澡了"，"睡吧，今儿累了"，"睡吧，明天有事儿呢"！到底怎么了陈年？你讨厌我吗？我让你觉得恶心吗？

陈年：你怎么突然之间开始纠缠这个。

王麦：突然之间？多久了，你算算。

陈年：我算不出来。我不是小伙子了，我心思没在这些事儿上。

王麦：十个月。

陈年：我觉得没那么重要。

王麦：我觉得很重要。既然咱们是夫妻。

陈年：就应该互相体谅。

王麦：那么请你体谅我。我需要你，我今天晚上就需要。

陈年：那对不起了，我不行。

王麦：我帮你。

陈年：不是帮的事儿……没有用。

王麦伸手抚摸陈年的脸，肩膀，手臂：我们，试一试。

王麦贴近陈年的脸，去亲吻他。

陈年一下子站起来，挣开她：我还没洗澡呢。麦子对不起，对不起，行吗？你就放过我今天。

王麦看着他：为什么？

陈年：我累。

王麦：在我面前。

陈年：就是现在，累。

王麦：我让你觉得累，对不对？

陈年：我不知道。我不愿意想了。

王麦：你该想。为什么和老七他们在一块儿就不累，为什么一回了家，看见我，就疲惫不堪躲躲藏藏。

陈年：老七他们，不一样。

王麦：对！不一样！你知道哪儿不一样吗？我们是夫妻！你应该想我、操心我，你应该有没完没了的话跟我说，你应该总想留在我身边儿，应该每天晚上和我一块儿睡觉！

陈年低着头，半晌：你怀疑过吗？

王麦：什么？

陈年：一切。

王麦：一切什么？

陈年：一切你被承诺过的东西，明天，下一站，从小认定的天赋，每天晚上的睡眠。

王麦：我选择不怀疑。

陈年：我忍不住。我不行，人不能停止怀疑。

王麦：停止怀疑就老了，是不是，你就是怕这个？

陈年：停止怀疑就死了。

王麦：连我也要怀疑么？

陈年：连你也要怀疑。

王麦：我们在一条路上陈年，我和你，我们是一条路，只有我们俩是一条路。

陈年：不，每个人一条路。伙伴，朋友，都是假想的。每个人都是一条路。

王麦：那你为什么救我？

陈年：从哪儿？

王麦：从坑里，你把我从坑里拉上来的，我们俩是一条路。

陈年：我必须那么做。我是被要求的，被我自己选的路要求的。每个人的路是自己的。

王麦：没有伴儿？

陈年：没有。

王麦：你不想要一个同路的朋友，即便是我。

陈年：即便是你？天呐，尤其是你！我们俩永远不是朋友，我哪怕和所有人成了朋友和你也不会是。你在哪儿？你看看你

在哪儿？你在家里，你在我的沙发上，在我床上，

王麦：我们俩的。

陈年：我们俩的！你在我们俩家里，你在家里生根发芽了，家就是你，你就是家。你在离我最近的地方，我干什么你都看着。我喝一口水，你看见了，我喘一口气儿你听见了，我笑两声儿你问我为什么，半天不说话你就问我想什么，我夜里做了几个梦你都看见了！我活着你就盯着我，我们俩没秘密了对吗你觉得，当然没有了！我身上还有什么是你不知道的？你还想要什么？我已经是你丈夫了，我没有再多的能给你了！

王麦：我想要你是我的朋友，我想要你……

陈年：朋友，太遗憾了我告诉你，我们俩，是夫妻。夫妻最不是朋友！夫妻是什么你知道吗？夫妻是最不公正的审查者，最严厉的判官，最前排看热闹的群众，最势利自私的小人！你看看你给老七用的词儿，当场抓获，天呐。陌生人你们都同情，但你永远不会同情我。

王麦眼圈红了：你会想念我吗？

陈年：什么时候？

王麦：每一天。

陈年：今天？

王麦：现在。就现在，天呐陈年，你离我太远了，我很想念你，你会想念我吗？

陈年：我没法想念你。你就在家里。你哪儿也不去。

王麦：你不会再努力了。

陈年：你想过吗，万一努力加速死亡？你从来没想过。

王麦无力地摆手：好了。好了。我知道了。

陈年：不说了？

王麦：不说了。都清楚了。

陈年：我可不是为了赢你。

王麦：我知道。

陈年：我今天本来很累了，没想和你聊这些。

王麦：我知道。

陈年：睡觉吧。都别想了。

王麦：我知道。

陈年站起身，一一关掉厨房、客厅、阳台的灯，只剩一小盏矮胖蜡烛的光，在沙发边上王麦的脸旁，此时才显出存在。王麦偏过头去。

陈年走向卧室。

王麦：现在告诉我吧。

陈年转身：什么。

"你今天晚上去哪儿了？"

在黑暗里，王麦说。

酒驾

Foggy

夜晚之前

　　王麦坐在许姗姗对面刚吃完一整份烤肋排，就提出她想回去了。她说的甚至不是我"该"回去了，好让许姗姗觉得她另有理由，而不是因为自己的迟到使她不满——她就直接说，"我想回去了"。

　　从前她不会这样不周到，许姗姗看着王麦的脸想。她并不认为王麦想走是因为自己迟到，那么，可能只是没话可说了吧，又或许因为她刚生了第二个孩子（身材已经恢复），而王麦和陈年一个也没有生？她们毕业有十二年了，同学再见总难免对比大于关心，尤其是女同学。

　　许姗姗是同学里头第一个结婚的，一毕业就结婚了。婚礼时班上女生去了一大半，并且为了帮助她筹备，提前一天就赶到。那两天成为她们之中许多人的第一个婚礼印记，后来依次发生的婚礼大都以此为模版。年复一年，是许姗姗带领她们一起嫁出去。

王麦明白许姗姗会猜测，她也看得出许姗姗正在心里猜测。她要怎么解释呢？是因为声音。她们在一家最近很是流行的美式餐馆里，空中飞舞着许多种语言，许多主题的语言，许多情绪的语言，还有巨大餐盘的碰撞声，啤酒和柠檬茶的流淌声，牙齿的咀嚼声，喉咙吞咽声，音箱鼓振着的乐曲，吧台电视机里激昂的球赛，一个手机响了，又一个手机响了……王麦纳闷为什么大家不干脆一起尖叫。

　　等待许姗姗来的时候，王麦坐在店外的露天咖啡桌。这里是热闹的商业区，隔壁桌有个女人几乎是在叫喊着打电话："我今天给不了你报价！明白吗！我明天才能给你报价！……什么估计？我估计不了！一百块？一百块有可能！"她又冷笑一声："一千块也有可能！十块也有可能！"

　　王麦估计她这单生意是做不成，她一个无关的人也听得头痛。大声就厉害吗？王麦再细看她，其实年纪很轻。她想她大概是还不知道小声的好处。

　　可是——王麦又想到自己，她就一直是小声，她又有过什么好处。

　　"需要停车券吗？"结账时服务员问。是许姗姗刷卡，他就问许姗姗。

　　"要吗？"许姗姗看王麦。

　　"不要。"王麦摇头。她不喜欢开车。她学会了开车是因为她喜欢陈年教她开车，他们都喜欢。那时候她手忙脚乱，陈年坐在副驾嘲笑她、一惊一乍地吓唬她。她则需表现出气愤、受惊或是得意忘形。开车是他们之间的趣事，是可以分享给外人听的材料，一直到她学会了，可谁也没想过真的给她买一辆车。

她们走到路口去打车。许姗姗是出差来这里，本来为王麦留出一下午，计划是两个人哪怕再无聊，也可以逛逛街的。现在王麦要回去，她也只能回酒店。身后一排排大橱窗里站满了新装，许姗姗好不甘心。

"陈年身体还好吧？"她故意要刺一下王麦。

她记得那一个晚上，王麦回到宿舍来，故作镇定地加入她们的闲聊，等足了几个话题过去才宣布，她跟陈年在一起了。陈年那时三十多岁，在文学系讲课。许姗姗听了，什么也没说，她打定主意什么也不说。另外两个女生也矜持起来，一个不知道陈年是谁——她们是外语系，另一个却脸红了，半天问道："他没结婚吗？"

"早离了。"王麦轻飘飘地说。

现在陈年五十岁了，身体不算好，但没有大毛病，眼睛开始花，膝软，不太站得住。评上教授以后，课时逐年减少，留多时间著书、写评论。系里很怕留不住他，于是陈年明确表示不会走，他愿意留下，他愿意——王麦把这些一五一十告诉许姗姗。

王麦明白她在想什么。整整一顿饭的时间，许姗姗没问过一句陈年，和在学校时一样。那时王麦很想不通，她们不惊讶吗？他们是公开的师生恋，相差将近二十岁，这难道不比她们整天大呼小叫的匿名情书、学院联谊或是学长的纠缠有意思？可她们就是不问。她们的沉默更加促成了这一对——王麦以为这沉默的意思是：你们不会长久的——那她就偏要长久下去。当时她的确不知道，女孩子们只是不知所措，因为既没有足够的经验像调侃其他男生一样调侃陈年，也不太乐意像探究其他情感八卦那样去探究陈年——该问些什么呢？他都三十多岁了呀。

王麦先上了出租车，回头看许姗姗，她在往回走，她一个人逛街去了。

家里是安全的。王麦换了鞋向卧室走，走一步全身的肌肉就松快一些。门窗都关着，声音都在外头。这一个春天性情古怪，已经下过雨，又下雪，然后又下雨。里外都阴沉，下午不像个下午，像黄昏。她先开了灯，又关掉——怎么样的灯光都太暗了，越是亮越是暗，你越仔细要把哪里看清楚，哪里就越氤氲越模糊。

光亮是空洞的，适当的沉暗才能把空间填满。

王麦倚着床边，坐住窄窄的一条，又站起来。床头上薰香是新开的一瓶，藤条插满了，所以浓。床是很宽的，被香气衬着更显得宽，宽得荒无人烟。不要躺下，她警告自己。她躺太多了。可是醒着干什么呢？她盯着脚下——他们没铺地板，里外都是幼黄色的大方砖，浮着薄灰，像污水结的冰。需要擦吗？不。她从来不擦地，今天也决定不擦。擦太亮显得她没事做，显得她孤独，显得她暗中怪怨陈年，显得家是她一个人的，显得她将陈年向外赶……这一串念头是越来越无理的，可她就是这样想，她把不擦地的时间用来这样想。

陈年回来的时间正好，王麦刚开窗换过了空气。白天家里只有她，担心存久了味道自己不觉得，她四处放着香，还觉得不保险——有一些人家里总有很浓的家味，用日复一日的活人来腌透的、酽酽的气味，像拿人酿了酒。从前她觉得那是亲切，现在觉得是敌意。

陈年洗手，烧水，摆桌，泡上茶，进了书房又出来，王麦才问：自己开回来的？

陈年说是。

系里新提了一名教授，今晚是贺宴。那么没喝酒，王麦想。

陈年从来不爱酒，如果喝上了酒，一定是哪里不满意，或哪里太满意。前几年他持续地酒多，连车也有惊无险地撞过许多次，到去年王麦才知道了，原来早就另有一个人——王麦知道的时候"已经结束了"，陈年说。

陈年坐下来问王麦："今天收拾厨房了？"还是他对她一贯的语气，老师对学生的语气，带一点讨好和表扬。

她最终没擦地，也没躺下，她用一个下午丢掉了许多杂物，尤其一年来统统堆进厨房去的：没拆封的日本锅，过年收的七八只礼盒，几大箱空瓶子，两盆一人高的死竹，两盆死梅花……厨房几乎重新清空了，他不会不注意到。但问是要问的，是为了让她知道他注意到。这些是安全的素材，用来作对话不会出错，也不大需要展开。一来一往，一天的配额就完成了。再多倒显得心亏。

"收拾了，全扔了。"她说。

她把袖子挽到肘上头，一箱一箱往电梯里拖。他们这栋楼一梯两户，对门的老太太也在收拾。和王麦不一样，她每天都在走廊上劳作，这一层堆满她每天四处搜拣的价值物，有旧伞、纸箱、空瓶、棉被、塑料桶、花盆、木桩……她穿着孙子的球鞋，儿子的夹克，媳妇的毛衣，长裤像是特为自己做的——裤管又宽又短，高出脚面一大截。她穿着他们全家，她就是他们全家。她身上没有一个单独的她。

　　王麦向外拖空瓶的时候看到她，心里稍一斗争，就问："这个您要吗？"

　　老太太走上来，咧嘴笑："要！"接着说出一串浓重的方言，大意王麦猜是"你们不要了？"

　　王麦帮她把几箱空瓶子摞好，进了厨房又看见那只新的汤锅，心想这可性质不一样，不过稍一斗争，也又问了："这个……您要吗？"

　　也要。王麦给了她，走回自己门口，忽然怕她会跟来，问"还有吗？"侧眼回头瞧，正迎上老太太软笑的脸，眼神里本来有希冀的，看见王麦表情，马上低下头乖乖地不响，继续在她的宝库里劳作起来。

　　王麦心里酸溜溜的。越是费力讨生活的人，越会识眼色。可她又不是孤苦伶仃的，就令人更凛然——有那么完整的一家，也这样警备着，有今天没明天似的。

　　王麦给陈年讲了，陈年撑着眼睛支持她："好。给她好。"
　　现在她做什么，陈年态度都是同意，反过来她也是。像是点头之交。可是如果不点头，他们也再吵不起架来——那种只伤皮肉的口角不会再有了。他们已经在那个冲击里磨炼了一年，在火烧火燎的磨炼里他们深深地认识了对方。现在的两双眼睛里，是两副叮当响的骨头架子。

谁也没有提出离婚。王麦刚刚知道的时候，只觉得不可思议，跌落进一个玩笑里。等清醒过来，也不是撕心裂肺的，只是像有枚宽刀柄时时在肺里梗着——觉得天鹅绒的日子旧是旧了，又粘上一粒鼻涕。鼻涕，也不像着了火那么紧急吧，因为反正也旧了。

一开始她追问过，可陈年明显地想好了，从没说出可供她想象的情节。他只是突然地坦白过一次：是的，有这样的一个人，是这样的关系，是的，是你所想的那样的，不过已经结束了——随后就是斩钉截铁地"不要再提了"，因为"没好处"，"对你没好处"。

不是不能告诉她，陈年说，他可以告诉她，只要她考虑清楚了知情的代价。

"你相信我痛苦吗？"他在她面前捶打自己，还哭。

"我相信啊，我相信。"她希望他也相信，她在说实话。

"每天都像被火烧一样，"陈年恨恨地，"可是到了这一步，我认了，烧我吧！但不能也烧你啊。"

他推心置腹地警告她悬崖勒马。他是个悬崖爱好者。

王麦在这些周密的话里看见了，这段关系持续的时间比她猜测的要长，长得多——陈年已经毫不羞愧、毫不紧张。那不是个秘密的插曲了，那是他生活的一部分。

陈年让她来决定，"我能说的都说了，接下来都听你的。"

听我的。王麦开始解这道没有题面的题。她呆呆地做一个这样的假想，又做一个那样的假想，可当然每条路都有了裂纹。她头疼，因为哭，也因为思考。她想等一个脑筋清楚的时候来决定，可是摆脱不了一种持续弥散开来的、醺醺的疲倦。她由此了解自己是谁了，她希望自己从不知道——她就是那个甘愿受蒙骗的妻子。他骗了她，他骗过她——他为什么不能再骗得好一点？归根结底她爱他，她并不能因为他爱别人就立刻不爱他，那他为什么要她知道呢？多幸福啊，昨天。

最终她决定不再问，也不再提了。她同意了陈年的道理，她看见如今他和她一样，对一切心怀恐惧。他们决定站在一起，在嚎叫声之上拧紧盖子。现在好了，她不再是无知的，也不再是无辜的了。

陈年今晚的确没有喝酒，但也没开车。他无边地累。他的身体比王麦描述给许姗姗的情况更差一些，好在已经没人再向它提出激烈的需求。夏霓——王麦决定不问的名字——总算肯住进医院去，接受他人的监管。而他和王麦之间，在去年的几次尝试之后，也心照不宣地放下了。

他是为了赎罪。本来他和王麦，已经几年没有了，要不是因为她知道了夏霓，没有也就没有了。却倒是因为知道了，所以必须再开始。她决定原谅他，这不值得赎罪吗？他走进她的卧室，跪在床边吻她，吻到了咸泪珠，说"别哭"。王麦挪到床里去，允许他上来。这一刻他们要做的是放弃思考，让身体发挥自己的记忆——空白的几年不算很要紧，空白之前总归有过更多年。陈年先积极一点，王麦再回应一点，像两块石头生火，火星迸火星，总归生起来了。图穷匕见的时刻，陈年顿住一下，没像习惯里那样去拿保护——他不知道家里还有没有。王麦也不知道——有也可能过期了。

　　那就不保护？
　　那就不保护。
　　万一有了孩子？
　　那就有个孩子。

　　两个人都不说话，也知道对方想什么，怎么想。陈年飞快地看了王麦一眼，王麦闭上眼睛说，嗯。他们就这样同时做了决定，谁也没有深思熟虑过。
　　等结束了，陈年像座喷发完毕的火山一样塌下来，胸口大起大伏。王麦知道他辛苦，可是早几年他不会这样辛苦，却不想着成全她，想必认为两边是冲突的。那不就是爱？王麦赶快停住了，不要想，"没好处"。
　　她就轻轻又紧紧地躺在床的另一半，陈年没伸出手臂给她枕着。性是可以的，温存却更难。接下来怎么办呢？就睡觉吗？陈年已经睡进书房里几年了，卧室是王麦一个人的，今晚要破例吗？还是从此就还原？他们都像刚演完一场戏，还挂着妆还乘着沉默的掌声，无法立即松弛。也不能交谈，交谈就指出了刚才是戏。不能出长气，也不能屏息。忍不住了，陈年不得不适时地忽然记起：明天得交报社一篇评论，书还没看。

王麦放心地翻了个身，把脸舒服地对着另一边：那你去西边儿看。

她向来对方向不敏感。他们的卧室朝南，书房朝西，当时即便结了婚，房子也成为她的，她还是不辨方向。当时的陈年很有兴趣训练她，总要抽查：书房怎么走？她就气呼呼地：往西！

陈年在黑暗里笑几声出来，让王麦知道他记得，也让她知道他领会她的好意。他轻快地走进书房去，他们都能睡个好觉了。书房里的书比他们结婚时少多了，陈年的单人床逼仄地嵌在书堆里。

在那之后，他们又不保护了几次，王麦把这个仪式叫"请一只孩子"，她心里持续地忍着笑：请一只孩子，来治疗他们不可说的隐疾。她想如今倒是那件事、另一个女人把他们维系着，虽然这一轮维系早晚也要不够用，可他们是在利用眼下的维系，来创造下一个维系。小孩可以的。小孩如果不死，就是永久的维系。

可就像决定"不保护"的过程一样，"请一只孩子"计划也未经讨论地停止。陈年和王麦继续不再提。为了活下去，他们什么也不提了。许多年前他们也和别人一样，不停地说话——句句都要打靶心，很求生，担心一不留神爱就会渴死或饿死，担心泛泛的话说多了把爱淹死。如今他们革了自己的命，整个地反过来——苟活才是令人安心的。苟活是唯一的活。

他只是真的很累，王麦想，他害怕，他多么多么地害怕。

声音

　　夏霓只是觉得一直在夜里，天亮了也是在夜里。整个房间恹恹的，灰尘也厚厚的，不在光线里跳舞，因为不给谁看。她走到外头去，外头也变成夜里，街上人吊着眼睛，嘴里都是鬼话。奋力在开的花都是颜色艳丽的花，命硬的花，山崩地裂它也要开花。酒鬼们成群在花丛里呕吐，污秽拔丝结网勾在花枝上，夏霓拎了一桶水要出门去，陈年放下书："干什么去？"

　　"洗洗。"她已经在换鞋了，头也不抬。

　　"洗什么？"陈年追出来，挡着门。

　　"吐了，洗洗。"夏霓看他着急，"怎么了？我自己去就行。"

　　陈年焦着眼睛："谁吐了？"

　　夏霓不解地看他："谁吐了？"

　　陈年一把搂住她，胁着腿运到沙发上，按着她坐好，蹲下给她脱鞋。

　　"吃药没有？"陈年低着头问。

　　"吃了。"她眯起眼睛看窗外，好像看得很远。

　　"吃了咱们躺着去，咱们不出去，噢，不出去。"陈年把鞋换好，把人夹着肩膀送到床上去。他有一忽想把她抱起来，一忽又清楚抱不动，夏霓近来是瘦了，可是再瘦的一个大人给他他也抱不动了。

　　陈年只剩每周三下午有课，但每天六七点起床出门，到夏

霓这里来。去年他告诉王麦"已经结束了"也不算说谎，夏霓
反正已经不是夏霓了。

一开始，她好像只是变得胆小，常常叫陈年立刻停止动
作——洗碗、煎鸡蛋、铺床最后甚至是翻动一页书，都不行——
"太大声儿了！"她厌恶地紧紧皱眉，仿佛早就忍无可忍。直到
陈年发现她连自己的声音也害怕，怕起来就不停地哭，他想她
可能是病了。

"您是她父亲？"医生见陈年扶着她进来，蛮有把握地问。

陈年干巴巴地笑："我是她朋友。"

对着医生，夏霓愿意自己说。她还没疯呢。她有一张纸，
列着自己的毛病，可是讲到第二条就哭得失声。陈年就替她说，
自己的眼睛也血红。这一条条让他心疼，这一条条也是他的罪状。

医生问夏霓："你怕什么呢？"

"我怕人。"夏霓说。

做过一串检查，就确诊了。医生一边开药，一边提醒陈年：
"她这个情况，身边可不能没有人。"

"嗯，知道。"陈年有气无力地答应。

夏霓开始吃药，身体却更加虚弱。她在早春里向单位请了
长长的病假，到入秋时单位终于不能再承担，陈年替她去办了
离职手续，回来看见她剪了满屋的照片——都是她自己，一刀
剪掉左边肩膀和脸颊，一刀剪掉右边肩膀和脸颊，剩下长长窄
窄的一条条，半只眼睛。

"我就剩下这些。"她正色宣布。

在他们最初的几年里——夏霓还不生病、夏霓还是夏霓的时候，他们总做"当时你才几岁"的游戏。陈年给她看自己大学时期的照片、刚刚成为讲师的照片、二十五岁时的全家福——身边是年轻的前妻。夏霓也找出自己婴童时的照片来，把同一年份的两个人摆在一起。这么做使他们两人都感到兴奋。虽然这游戏陈年和王麦也一模一样地做过，但那已经远远地在身后了。你已经开出了几百公里去，是有必要再加一次油的。

天气好的时候，陈年就领着夏霓去烧香，很慷慨地奉香火。他秘密地托朋问医，甚至求到一位"大师"，电话里给了夏霓的生辰八字，请大师看看"我这位朋友"的内情。大师在当天夜里遥遥地看了，回陈年电话说病倒不重，不过"她这个病是因为情感问题你了解吗？"

陈年对着电话点头，再到夏霓那就告诉她：大师算过了，咱们病得不重，会好的。

"嗯。"夏霓使劲儿点头，点过头再想一想，又点头。她越来越不愿意张口说话了，却时常突然地送出一句已经过期太久的对答——

"不是巧合！"或者——

"没电了。"她轻轻摇头，表示并不遗憾，就事论事。

或是不住地同意："嗯。嗯。嗯。对的。"

她的每一句对答都带着相应的情绪，却是明显与当下不符的，这让陈年感到挫败和恼怒——她病得够久了，只有他在一直看着她了，却不能知道她身在何处。他觉得自己永远在追赶，而她无情地逃脱（又引诱他继续追赶）。曾经她偶尔是个小小的荡妇，呈现出迷人之处，如今却总像个可疑的醉鬼。他摸不准是否因为吃了药——虽然有医院的确诊和大师的断言，陈年仍然认为夏霓的病况来得不可思议。他亲眼见到过不少被警察拦下的司机，明明只喝了一点点酒，却会在指控面前莫名其妙地耍起酒疯来。

夏霓选择不说话。她明白陈年无法知道她身上发生了什么，而她所知道的也根本不比他多。她脑海里的世界时时刻刻激烈又紧迫，可她连十分之一也描绘不出。为了不产生误会，她不再尝试表达了——除非有时她感受到一种激越，便突兀地释放出一些无边无际的慨叹。她知道她在陈年眼里是懒散、迟滞、自私自利的，不光缺乏同情心，还肯定没少撒谎。

她就在心里数数，不出声，也不动嘴唇，但陈年看出她沉默的节奏，就问："数数呢？"

她点头，还告诉陈年："数到很大了，才意识到在数数。"她这样说的时候带着羞赧，仿佛她因此受到了某种撩拨。

"多大？"陈年问她。

"六十几。"

"那不大。"他用松了一口气的态度说，像医生告诉病人：不严重。

即便是在很多年后的一个下午，陈年罔顾心脏地喝起一杯酒，在回忆里看见当时的自己，也不觉得这话说得可笑。如果非要定一个性，他认为是悲壮。

在夜里

　　对门的狗叫了几声，在深夜里显得很自信。王麦张耳听：这一家人，果然不怕生活的打扰，不光养一只孩子，还要养一条狗。她隐约担心又隐约期待着听到一些争吵——下午她送给老太太的锅，虽然是新的，仍然有施舍的嫌疑。媳妇会不会大骂她？隔壁的多事女人，以为自己是谁？明天还给她去！……会吗？

　　王麦走出卧室，倒了一杯酒，又回到床上喝。陈年的书房里没有光，也没有动静。他不再侵占她的思想，也不侵占她的家。他只求这一间沉默的书房，像在有狼出没的沙漠里支起一座提心吊胆的小帐篷，又像是一匹尚不饥饿的狼的眼睛。第二次倒酒的时候，王麦连酒瓶一起拎回了卧室——那是出版社寄给陈年的礼物，品质规矩、不激进，和陈年差不多。她听见陈年剧烈的咳嗽声，先是躺着的，咳到坐起来。他应该喝杯水，王麦想。

　　谁又没有过背叛的机会呢？难道陈年不明白，王麦的机会从来比他多。她想起的不是那些被鲁宾逊太太蒙住了心窍、企图在她身上试一试荷尔蒙的自大青年们——有不少还是陈年的学生。她从没觉得年轻有多么值得欣赏，陈年的年轻时代也并没有与之不同，她曾在照片里见到：愤懑不平的眼睛，瘦黑螳螂一般的身形。那时她对比着面前的陈年，心生侥幸——他生她未生，她把他腥硬的一段躲过了。她把他们全都躲过去了。

结婚以前，王麦和陈年并不是没分过手。许姗姗的婚礼，她就是以单身伴娘的身份去参加的——那真是一场伟大的婚礼，每个女孩都认为自己才是主角。她们仿佛不情不愿地打扮自己，被迫漂亮。她们优雅地招待来宾，对长辈尊敬，对儿童关怀。她们的步伐总是急匆匆，目光焦灼，使人暗暗以为今天没了她可不行；腰身又在长裙里左右地拧，像飞机在天上扯出白线，她们不回头地用背影扯住身后的目光。

　　是王麦先注意到了周游，她发现只有他一个人悲伤。尽管周游和其他人一样大笑、喝酒，还在当晚夜宵时唱了歌，可王麦确信他悲伤。已婚的许姗姗慷慨地跑来告诉王麦：周游是单身，刚刚分了手，因为家里认为中专学历的女朋友配不上他。

　　夜宵进行到天快亮，每个人都烂醉。第二天返程，王麦没多犹豫就上了周游的车，他们两个家在同一个城市，很近，两个小时就开到。阳光相当好，好阳光是对宿醉者的大折磨。他们不听歌，也不想说话。王麦已经了解了周游的家世：他比她大两岁，父亲从政，母亲从商，他从小就是公子。难怪他悲伤，王麦想。

　　周游开一辆高大的越野车，他开车很稳，但是很快。王麦几乎感到轮胎来不及似的抓着地面，耳边持续着均匀的轰响，她闭上眼睛，她觉得自己乘坐了一只生气的蜜蜂。

　　——她只在十三岁时骑过一次马，事前绝没有想到马背那样宽，把她两条腿大大地撑开，腿里子几乎要抽筋。因为只是为拍照，养马人没有令马跑，马就随意在原地小步颠哒。王麦使不上一点力气，两只脚在马背上一甩一甩。

"夹紧了！"那养马人对她喊。王麦羞耻得要哭，但留下的照片显示她是在笑的。

周游就一路沉默着，把王麦送到家。"就停在门口吧。"王麦指的是院子的大门，怕他多心，又往院里指一指，"就是那个楼，院里路窄，进去怕你不好出来。"他的车实在太大了。

"毕业手续都办完了吗？还回北京吗？"周游问王麦，她的学校在北京。她的前男友陈年也在北京。

王麦已经下了车，就敞着车门回答他："没想好。"

周游高高地坐着："想找什么工作？"

王麦没声音，周游笑了一下："没想好。"

王麦的包里揣着一本陈年的新书，是她离开北京时自己买的。她想赶快回家，赶快读完它。目前她想好的只有这一件事。

三天以后的傍晚，周游才打电话给王麦："出来吗？是约会。"他就这样说。

他带王麦去了一家酒吧。实际上他们去了三家酒吧，每一家都有他存的酒，前面两家是因为歌太坏，使他坐不住，拉起王麦就走。今天来接她的时候，他把车紧紧地停在楼下，王麦一上车，他就过来吻了她，之后他们一直黏糊糊地牵着手。

"你想进银行工作吗？"

台上的女歌手唱着《卡萨布兰卡》，旁边一桌年轻人开始过生日，在这样淌来淌去、令人抓不住的忧郁里，周游大声问王麦。

"什么？"王麦不太相信地看着他。

"那你想干什么，想当老师吗？"他玩世地笑，望着她，可是眼睛里漏出一丝没藏好的恨，被王麦捉到了。她一下子明白，这些是周游的父母愿意媳妇从事的工作——或者只要学历合格，都可以交给他们来安排。他的前女友不合格，由此不得进门庭。王麦合格了。

　　周游出神地盯着女歌手，嘴里一起哼，"a kiss is still a kiss...a kiss is not a kiss..."他拿着王麦的手，一颠一颠打着拍子，忽然扭头看她，说："医院也行。"

　　他们两个都喝了不少酒。周游猛地站起来向外走的时候，王麦先以为他是哭了，跟了出去才见他站在车旁边，深弓着腰，胸腹急急地一起一伏。她过去，把手掌贴在他脊背上，柔柔地顺下来。夜里起了大风，路边密实的树冠一下子全部摇到一边，一下子里外哗啦响，店外正中是一个花坛，插满了开到最大的鲜花，坛边嵌一圈小小的射灯，把花全变成怪异的颜色，像过分写实的梦。周游还没有说话。王麦还抚着他的背，潮湿温热的，毛孔里酒气盖住暑气，她忽然想要嫁给他。

　　她想嫁给他，想当周游的妻子。她感到一种光荣或正确的未来在诱惑——终于有了反抗的资格，可反抗的心意却消失了。嫁给他，嫁一个不爱我的丈夫，过没有爱情的一生，就让他憎恨我，让他一生都恨我，否则他还能恨谁呢？

　　两个穿着西装的男人从酒吧里追出来，原来不是讨酒钱——在周游一侧微欠着腰，两手交叉在小腹上，小心关怀地："哥，能开吗？"

王麦哈哈大笑。

周游咳了几声，也一样地大笑。他开了车门，指着王麦说：
"她都能开。"

他们爬上车，周游一脚踹出去，黑色的大方块飞了起来。
王麦还在笑个不停，她醉了，周游的眉眼模糊，光亮和指针连
成一片，一切都雾蒙蒙，明天也雾蒙蒙。 她心想嫁给周游不是
件难事，你如果相信童话，你就会同意幸福就是早早发生的结局。

"是这条路吗？"周游用胳膊肘撞她。

王麦眯起眼睛："这个是……单行线。"

"这条路近，穿过去就到了。"

"不行，警察，查。"王麦慌张地。

"查我？"周游拱起眉毛笑，好像鄙夷又好像赞赏她的无知。
"谁敢查我？"

陈年又在咳嗽了。王麦的头昏胀起来，她想她可能又醉了。
她这会儿想出门去，她想开车。既然已经醉了，不如再做一件
疯狂事与之抗衡——这样才合理。她从来没在酒后开过车，猜想
可能醉眼看出去，路过的一切都是摇晃的、舞蹈的，又定在原处的，
只有她和她驾的车是快的。并且等她经过了，被经过的就消失了，
不会像那些清醒时经过的，都阴沉沉地在身后等着她。

王麦四下里翻，在电视底下柜子里找到了另一把车钥匙，
披上一条围巾，就出门了。陈年在这一番响动里没有再咳嗽。
王麦知道他不会走出来问：这么晚了，还要去哪？他早就不像
当初那样，总是小题大作地关照她——最初的热情是因为羞涩，

像少女摆拍一样假惺惺，他们已经越过了那些需要证明的阶段，抵达了极致的亲密。极致的亲密就是处处的自由，是不必表达的支持。极致的亲密就是不闻不问。

她不大记得陈年车的位置了，脑袋里只是模糊的方向，就糊里糊涂地循着走，但似乎比清晰的计划有效。找到了。C612，她的生日。左侧贴墙，为了少些开门的风险。就是这块长方形的绿油地，该有一辆巴西棕色脏兮兮的汽车停在上面——考虑到这几天的雨雪。不过现在没有。

真遗憾啊。王麦想起那天周游开车的样子，心怀嫉妒。他一路上横冲直撞，没一会就在王麦的院门口停下。王麦在大风里下车，他没再吻她，连话也没说。王麦醺红着脸，进了门就在父母的责备声里睡着了。她答应他们留下来，在家里找一份工作。可她没办法开始读陈年的新书，就是没办法。几星期以后她回到了北京去，她再没收到过周游的消息，她觉得她的酒一直没醒。

地库里的光和所有光一样，稀薄地白，像失血过多的脸皮，像一桶兑了水的牛奶劈头泼在她身上。车不在。王麦听见心脏咚咚砸在耳朵上，是酒的缘故，是酒。要告诉陈年吗？她闭上眼睛，看着一辆不在的车，看着这个客观存在的空洞和另一个神秘模糊的空洞叠合在一起。车不在。她不知道这意味着什么，她不知道摆在她面前的，是哪里也去不成了，还是哪里都可以去。

禁忌

夏霓本来不叫夏霓，叫夏小妮。上了初中以后，夏小妮开始生气爸妈不用心：我难道不长大吗？八十岁还要顶着这名字吗？十八岁她已经顶不住了，借着上大学迁户口，软硬兼施地改成了夏霓——去一半留一半。她心想第一次革命不好太彻底，不然以后没命好革了。

和陈年在一起不久，夏霓就把这一小段抗争史告诉他。陈年慈祥地看着她对于自己的未雨绸缪志得意满的嘴角，凑上去亲一下，说：八十岁没人叫你的名字了，八十岁人家叫你"奶奶"，或者"老太太"。

他们躺在床上，用温柔的语调和疾急的速度说话，因为多少时间也太少，不够说。性是必要的，也很好，但不像说话那样好。他们谈童年，谈家乡，谈书、食物、新闻中的惨剧和各自手掌上的纹路。陈年原本是正襟坐着，渐渐开始别扭，要把裤子从膝盖往上挪，腰却往下落。夏霓还在说话，可是脸也红了。她眼看着陈年的空间越来越不够。

"躺着吧。"陈年说。

夏霓点点头，就上床去。他们说话的时间又被挤占了——看吧，说话是多么危险，性就是这样的说话的结果。

他们说过的话越来越多，终于也发生了话题的禁忌。禁忌是夏霓从前的男朋友们、夏霓目前所认识的男人们、夏霓目前还不认识的全球各地活着的男人们。陈年也不懂自己何以这样严厉——和王麦结婚之前，他们不是没分过手，他确信分手期间王麦不会老实，可那从没令他耿耿于怀。而对于夏霓——按理说他并没资格，却无疑地要做个暴君。

他们不能完全，他就硬要个理想的完全。

可是有一天，夏霓突然三十岁了。陈年早早留出了那一天来和她共度，却发现怎样的计划都使她不能满意。他们最终是共度了，共度的一天竟显得那么长，弥漫着无尽的小小的疙瘩。这是夏霓的第三个生日——从有了陈年开始算起，陈年觉得有了他，夏霓才成为夏霓。可是三十岁的夏霓渐渐不是夏霓了，她要分手，好，陈年慷慨地同意；她决定去赴一场约会，陈年就犯了心脏病。他从赶去开会的高速路上掉头回来，堵住夏霓的门，痛骂她残忍："你急什么！我说过不离婚吗？我说过吗？"

夏霓找出救心丸给他含，他把一颗泛白的头扎在她膝上。夏霓怔怔地不说话。她的世界早就越来越小，如今她连这道门也出不去了。

从那以后每一天早上，陈年来送夏霓上班，黄昏再去把她接回家，有时中午还要送饭。"查岗！"他一天里要发上几次这样的消息，夏霓就要立刻回一张照片去，让他能够一目了然自己在哪里做什么和谁。那一次令他痛彻心扉的约会余波还在，他常常看着看着她，眼睛就红起来：你现在烦我吧？你想爱别人吧？

几个月以后他才放松下来，危险期过去了，他把她紧紧地箍住了。可是夏霓站了起来，她要他离婚。陈年的心一沉：她不提他都忘了。

他们开始谈离婚。离婚的议题，他只要说上两句就难为到底了，耐不住再说——像脑袋已经搁在大刀下，还嫌不正好，还要一寸一寸往前挪。可夏霓却觉得次次都讲得不清不楚——有时他说的是钱："你想想，我要怎么说理由。我如果明说是因为我们，她那个人，她不会给我留一分钱。你以后怎么生活？"

夏霓气得喉咙一吞一吞：她自己好好地有钱有工作，怎么他没了钱，她倒不能生活了？

有时说的又是情："她现在心里也差不多明白了，每天晚上我都……我现在回家就是睡觉，我们不剩什么了，但是她还年轻你知道……我觉得她就快提出来了，咱们就等一等，让她来提吧……唉你知不知道我每天有多难，我在自己家里躲来躲去。你根本不知道。"

他们冷冷地坐在车里，车停在夏霓家楼下。她不要他上去了，要今天就谈清楚。陈年结结巴巴地说完，又点了一支烟。夏霓沉顿一会儿："你们，真的没有了？"

陈年忘形也不敢，就幽幽地、表功似的："我就说，你什么都不知道。"

夏霓还是追："多久了？还是从我以前就没有？"

"从你……从你以后。"

"从我多久以后？"

陈年想了想，还是说实话："几个月以后。"

夏霓没计较那几个月的犹豫，她算一算，即使减去一年，也有三年了。她忽然浑身冷，意识到他们竟是在说这样不堪的事，两个人你拉着我、我拉着你地成了恶鬼。她心里一边是恨：看看你把我变成了什么样。一边又是怜：看看我把你变成了什么样。

陈年看她不说话，觉得她是听进去了，就再往前推一推："你再想一想，我们以后——我离了婚，万一她闹得大，我学校里待不下去，出来做事朋友也不会帮忙，我就不是现在的我了。我还能干什么，我们到哪去生活，你想过吗？"

夏霓疲惫地："我想过——你先离了婚，再来找我，我再来决定，要不要跟你在一起。然后我们再去想，到哪去生活。"

陈年真觉得她可笑："你现在说这个……"

"对。"夏霓认认真真一点头，拉开车门下了车："你如果真觉得那么难，离不成，别再来就行了。"

她几步走到楼门前，还没掏出钥匙来，陈年的车已经飞快地开走。这个晚上够沉重了，他们开始害怕对方，更开始害怕自己。夏霓乘着电梯向上，陈年压着车子向前，两个人都忍不住地发抖，牙齿咯咯响。陈年捏了拳头敲在方向盘上，眼泪一颗一颗鼓出来，为什么要逼我？缀着灯光的路在他眼睛里晕开，他一边可怜孤零零的自己，一边涌起对车的深情——世上只剩这辆车还容得下他，容他坐在里头哭。哭几声揾了揾眼睛，看见家快到了，陈年心里的不平更多了：狠话也是夏霓说，说完了她倒是痛痛快快一个人回家，打着滚哭也不怕。他却还要面对一个人，说不定还有日常的抗战。没人心疼我。陈年汹涌的不平渐渐地落下来，摊成薄薄的一层，和生来至今积累的失望撩在一起。我就是一个人，我不管了，我就是我这一个人。陈年平平常常地旋进了地库，平平常常地回了家，可第二天一早，即便换了太阳，这辆车还是同样地停在了昨晚那座楼前。

陈年握着手机，抬头望望，发出一条去：我上来了？

只是顿了一下，手机说：上来吧。

声音

陈年听见王麦开门出去了，就在黑暗里睁开眼睛，长长久久地吐了一口气。他知道王麦刚才喝了酒，这会儿要出门——他看看时间，已经过了十二点——也许是去闺蜜家倾谈吧。他希望她多去和别人交谈，哪怕是关于他们俩的事，他希望她和所有人交谈。他一直听到体内那枚炸弹在倒计时的跳秒声，嗒，嗒，嗒，他不知道剩下的时间还有多久，可他知道王麦每找到一件事情做，他的时间就会增加一点，他肩颈胳膊里塞满的石块就会松动一点，他憋闷的心脏就会轻盈一点。承担，他实在受够了承担，他希望谁也不要再看见他、宽容他、等待他。会过去的吧？他心想，当你的人生还短，才会被过去绊倒，等活得足够长，过去就根本不算什么了——从前他恐惧着老，现在明白了，他原来是还不够老。陈年，他无情地唤自己：你要么快点老，要么就快点死吧。

早在两年前，夏霓眼睛血红地跑到他家来的那个晚上，陈年以为他的倒计时结束了，炸弹爆掉了，他碎了。可是王麦十分正好地下楼买东西——陈年听见敲门声，开了门看见夏霓的脸，以为时空错乱掉，两个世界轰然相撞。他压低声音，可是压不住颤抖地吼："你要干什么！"

夏霓冷冷地愣着，眼睛越过陈年的肩膀看着他身后的沙发、茶几、竹子梅花，半天说："我也不知道。"

陈年回过一点神，立刻开车送她回家，路上仍然说不出别的，手拄着方向盘，恨恨地咬牙："你要干什么啊！"

夏霓才哭出来，她真不知道她要干什么，她也不知道陈年要什么。陈年不许她走，也不许她来。她先是世界小了，接着自己也小了，光照不到她，她一直在夜里，就一直在梦里——梦可不由人要干什么不要干什么。又因为在夜里，那血和露水就老干不掉，一汪一汪地渗。

那一次的炸弹就要落地，被陈年捧住了。不久夏霓正式地生了病，倒令他松了一口气。夏霓成了病人，就不再是夏霓了，他们之间也不再是恋情。可他渐渐发现，那些沉重的黑云一点也没有散，倒计时的嘀嗒声他仍然听见——夏霓仍然是个秘密，从前是个斑斓的秘密，如今是个恐怖的冷笑。她和从前一样需要被陈年掩藏，这长久的掩藏的努力把他压垮了。

陈年想要告诉王麦。

他第一次冒出这个念头，就知道那只是荒诞的冲动——和站在高处时想要跳下的心情一样，他不用太费力就能拦住自己。可是他越来越想告诉她，越来越想。他不光想告诉王麦，他谁都想告诉，他想告诉母亲、兄弟，他甚至想在课堂上讲一讲。

他不敢喝酒了，怕酒后真的讲出来。医生开给夏霓的药，他也偷偷吃。他开始害怕，害怕被需要，害怕生活的兴致，害怕速度、笑脸和香气，害怕一个不知情的王麦——一个竟然至今还不知情的王麦。他甚至因此要恨她。

所以王麦终于知道了。陈年突如其来的坦白急匆匆开始，急匆匆结束。

"已经结束了。"结束了。他不断地强调。

王麦果然没有崩溃，没有辜负陈年的信心。这坦白就像一根细针戳进滚滚胀大的气球里，使它缓慢地漏出气，避免了爆炸的结局。王麦比陈年更知道，他们没有身处同一个季节，她的开始换来陈年的结束。时间过去，他们越发不在同一个季节、同一个年份，不在河流的同一岸，甚至不在同一个星球上，但他们总在同一套房子里。

不知道过了多久，陈年听见王麦的开门声，她回来了。天还没亮。陈年耳朵里的秒针欢快地蹦着，嗒，嗒。

原谅

如今坐在书房里看书的是王麦，陈年的花镜也挂在她脸上——陈年的眼睛早已不能读了，怎样的眼镜也没用。王麦给他换了张更大些的单人床，摆在客厅的一角上，斜对着他的音响。

沙发早就太碍事，送了人，陈年乐意动的时候，就在客厅和巴赫走上几圈。他的肌肉、骨头、关节、头脑和一切的感官都在离他而去，活到了这里，就知道活着也没什么要紧，他愿意为一张合适的腰垫放弃所有艺术的乐趣。

他终究是为夏霓做了一些事的，包括卖掉了车、把她送进医院，并以好心人的身份通知她的母亲。

"你恨我，"夏霓突然清醒地说，"你比我恨你还恨我。"

他们已经办好了住院手续，陈年吃力地推着她的轮椅，疾步跟在护士身后。

"你不敢承认。这就是我们俩的区别。"夏霓说。

"不，"陈年说，"我们俩的区别在于我能理解你，我即便不赞同你我也能理解你。而你不理解我……其实只要理解，就能原谅。"

他说着这些话，想到夏霓即将是别人的责任，浑身像走在下山的路上一样畅快："所以我能原谅你。"

"你原谅我？"夏霓瞪大了眼睛，她全身的骨头成了泥一样瘫在轮椅上。

"那你别原谅我吧，"好久她说，"你原谅我我挺不乐意的。"

这个下午陈年回想起的不是这些。他想起一个夏天的夜晚，夏霓去参加一场戏剧节的活动，到小剧场里去念诗——都是打着文学旗号的荷尔蒙。陈年不放心，开车送她去，到了索性又一起进去。

"念了就走。"陈年警告她。他们没有坐下，就和三三两两的年轻人们挤着站在黑漆漆的通道上。

　　终于轮到夏霓了，她正要上台忽然记起嘴里的喉糖，没处丢，于是回头贴近陈年："你帮我含一下。"

　　想也来不及想，陈年本能地张开了嘴唇，黑暗里的一个吻，一颗糖从一个舌尖轻轻推到另一个舌尖上。眼睛闪闪地发光。

　　从剧场里出来，他们上了车却没有开走，挪到了停车场深僻的一角。那是陈年一生中，唯一一次在车上。

　　这个下午他想到的是这些。他的喉咙里蠢动着一种久违的干渴，他忽然想喝酒，就真的喝了。王麦在书房里听见陈年的走动声，是和空中的鸟拍动翅膀一样无关的存在。她正读到一个年轻人叫嚣的文字，"你的所有过去造就了你"，真是这样吗？她说不上同意，但反对也没意思。许多激动人心的时刻现在想来都陌生，和现在的她似乎并没有多少密切的关联。她所得到的，已经不记得当初为什么去争取。她所失去的，噢她所失去的，她已经想不起都有些什么了。

一个葬礼和一个葬礼

Sudden Death

陈霓装了一身衣服，穿了一身衣服，带上身份证，要回老家去。

　　她想好只在老家留三天，一去就回。舅舅死了，她回去却不是为舅舅，是为活人做场面。舅舅家女儿李苗苗比陈霓年纪小，比她精灵，小时候诓她说：我爸爸是你妈妈哥哥，我就该是你姐姐。她信了，开始把苗苗叫姐姐，叫大人听去，聚在一起笑她笨，又夸苗苗有心机，将来一定有出息。舅舅满眼洋溢着自豪，乐得颧骨上的皮子红亮亮。陈霓知道自己上当，但全家因此欢乐，她就忘了难过。妈妈嗔她傻，也跟着她一起笑，回到家却拧她手臂和大腿里子，嫌她丢人还不知耻。

　　陈霓从小知道，舅舅是家族里大人物，在市里做官，为民除害。大了才一点点懂，舅舅是老三届，咬牙考大学，从国企进机关，才算"当官"。当官的工作是"招商引资"，并不是为民除害。舅舅到了四十九岁，想往上走一步，没走成，血压就高起来。第二年李苗苗十六岁，和陈霓一起高考，比陈霓低了六十几分，上下托人，好悬挤进本市的一本。舅妈再不招呼陈霓一家来吃饭，说舅舅血脂高，和旁人吃不到一起。此后陈霓她妈说起兄嫂，总是含恨的，"一家人，比什么呢"，眼里却带笑。

母亲一见陈霓，先是好的，提起舅舅，终于红了眼睛，渗出泪水来：你舅这一辈子不容易。陈霓听出她哭得苍白：谁一辈子容易呢？又见她虽然哭得不停，泪水却不激烈，伤心是一阵阵地泛上来，只觉得是兔死狐悲，岁不饶人。死亡和恐惧一样传染。

明天几点钟出殡？陈霓问。

一大早。母亲抬起头，泪水也停了，疑惑地挑剔陈霓：你头发怎么这么长？

陈霓：舅妈还好吗？

母亲不应，看墙上的钟：来得及吧？去剪剪，明天那么多人来。

陈霓轻蔑地叹气：怕人不认识吗？

回家这一条路，每道关卡陈霓都被查了身份证。人人见她可疑，像来自故乡的羞辱——要确认她的身份，提醒这多年流亡的不忠。

陈霓想到此掏出钱包，看身份证在不在，抬头撞上母亲期盼的眼神——以为陈霓要给她钱。

陈霓没有现金，也并未准备。但明天要给舅妈钱，她暗暗担忧：不知道路口那台取款机还在不在。

母亲身子坐高了一点：我看现在单位招聘，四十岁以上就不要了，有的三十五就不要了。

陈霓三十八岁，靠写稿子赚钱，给杂志，给网站，时而有专栏时而没有——叫做自由撰稿人。陈霓看到"自由"，母亲看到"没有医保退休金"，老无所依。

她只好献上一个好消息：我在写一个剧本，剧本费能拿到一笔。

母亲：是吗，什么时候播？

陈霓：电视上看不到，是个网剧。

母亲不屑地：有什么用，谁能看见。

舅舅退休前一年，催促李苗苗办了婚礼，二十八岁，已经是晚婚。陈霓没有回乡参加，但听母亲电话里讲，舅舅的同僚到场也寥寥。没来的事前都打了招呼，声明是为响应上头号召，严格守则。舅舅心知大势已去，被女儿的艳红旗袍陪衬，愈显老态。席上多喝了酒，跑去把几位到场者的礼金拣出来，要退人家。舅妈手劲儿大，给抢下来。

"真叫人看笑话。"母亲乐呵呵讲给陈霓许多次。但更多次，她又哭啼啼："你当老姑娘不成家，抬不起头的是我。"

当年陈霓金榜题名为母亲带来的荣耀，在之后二十年里消磨殆尽。自从上大学离开老家，陈霓再没有好好地回去，总像鱼触岸一样浅浅的：一次三五天，一隔两三年。

过了三十三岁之后，陈霓不再为婚姻和子嗣忧心，不知是想通还是绝望。她发现如果不在乎这些，就不会缺男人。而女人的年龄，总归是男人决定的。

陈霓和母亲各睡一间屋。她一直醒着，直到天色泛青，听见母亲下了床，水龙头哗哗流出水来，灶上点起火，才仿佛睡了进去。等到壶里的水烧开，母亲就来叫她起床了。

陈霓不听母亲恨叨叨的劝阻，空腹喝了咖啡，换上一身黑衣裤。母亲和她一起站在镜前，不断皱眉：黑压压的，太显老。

陈霓气结：那穿红吗？

母亲眨眼：白的也行啊，白的俏。

凌晨五点钟，天色大亮了，街道还是空荡荡。出租车飞快，像在逃。车窗摇到底，夜里的酸腐气被太阳蒸腾起来，三个人在气浪里浮沉。陈霓贪婪地看窗外，一年年，天和房子越来越矮，大道越来越荒，人越来越丧气，城市越来越破旧。母亲指着几家当地的商场：这都是新开的，都是牌子。

二十年了，她想，二十年的距离竟还生不出一丝亲昵，她还是像个孩子一样，想跑。

进门先见了灵堂，死者的照片是近照，衰老，但脸上是无虑的笑。陈霓想：舅舅的一生是提前过完的。

房厅是很大，可是吊唁者太多，有站有坐，群群落落，互相致意，使哀处往来热闹。

陈霓一眼看见李苗苗。李苗苗也看见她，但随即收回眼神，继续与人说话。陈霓只好换个方向迎上去：舅妈。

舅妈客客气气地：回来了。

舅妈和从前不一样了，眼角重重地向下拐一道弯，像溪水冲刷了几十年的石沿。下颌的皮肉离开骨头，松松挂着。眼睛是一团浑浊的灰，眼底缀着黄斑。陈霓不敢再看。

堂前拜过的人一个个起身，上好了香。陈霓也要去拜，舅妈用话扯住她：不知道你回来，要是知道就告诉你一声不必了。人都走了，你回来一趟，有什么用呢。

陈霓看见母亲在远处，野猫一样观察，于是扶住舅妈肩膀：注意身体。

李苗苗走过来，开口叫了声：姐。

李苗苗化了妆，下睑淤青，粉浮得厉害，衬出一道道细纹。陈霓一时不自持，泪水簌簌涌出来。李苗苗眼睛也红，但撑住了。今天不是她哭的时候。她问陈霓：昨天回来的？

陈霓点头：昨天。你吃东西没有？

李苗苗摇摇头：不想吃。

陈霓一指门口的袋子：我带了吃的，有点心、酸奶……

李苗苗痛快地：有糖吗？

陈霓想想：有巧克力。

李苗苗：你带一些，待会儿路上给我。你跟我上一辆车。

陈霓忠诚地点头。这日子里她终于有了任务。

陈霓还有一项给钱的任务，但苦于不熟练，要先观察别人——才发现亲友进堂来，都是先给的：先慰家属，再拜逝人。于是知道自己鲁莽，舅妈的怪话该讲。

舅妈收了奠金，都交给身边一个年轻男人，男人就闪身进厨房，应该是去记账。舅妈这样放心的，一定是近亲了，陈霓却不认识，就去问母亲。母亲责备她：那不是丁东嘛。

李苗苗结婚八年，陈霓没见过妹夫。倒是按照母亲的描述设想过丁东的样子：胖，白，眯眼睛，戴眼镜但是经常摘下擦一擦鼻梁，因为流汗——却都不是。丁东个子高，壮，所以不能算胖。在一屋子哀哀戚戚的老人里，他挺拔得不合时宜，像一只站立的大虎，连惨白的光也遮住。

陈霓捏着礼金的信封，捏得软塌塌。舅妈身旁总是有人，像个辟魔圈，她不能近前。眼见丁东进了厨房，她起身跟进去。

这个给你收着。陈霓说。

丁东没接：谢谢，谢谢，要不，您交给我妈，她在呢。

丁东说着，把陈霓往外带。陈霓往里躲：我不用了，舅妈知道。

丁东仔细看着她：你是苗苗姐姐吧？陈霓姐？

对。陈霓松一口气：你收着吧，回头再跟舅妈说，行吗。

丁东仿佛理解：行。

陈霓走出厨房，路过李苗苗身边，一位白发阿姨正在叹："你爸这辈子就一个遗憾，没抱上孙子。"

李苗苗呜地哭出来。

"也不是说你们小辈儿不孝。"来者扫了一眼舅妈。她当年生下李苗苗，就不愿再生了。

陈霓先前是险些成了家的。她去参加一家媒体组织的文化旅行团，五天四夜。第一夜海边晚餐，男人走来：想必你不认识我。他们决定一同回房，好好地认识认识。陈霓本以为这男人结婚了，没想到并没有。四夜认识过，陈霓以为回去就算了，没想到也没有。男人仿佛也是无心的，谁也不催促，谁也没拒绝，一两年下来从无争执，倒没理由不结婚了。

那时候她二十八岁，很来得及有个家。本以为男人父母要挑剔她，没想到没有。第二次再上门，已经不拿她当客人看。午饭吃过，老头儿进屋去睡觉，老太太如常去打牌，吩咐剩菜收冰箱，晚上吃。陈霓拿自己当骗子，给诘问备足了答案，未想到没人稀罕警惕她。他们客客气气，笑眯眯，一上来就接受了，那么他们接受的，就并不是陈霓。新房也早就装修过，最初期待的，也不是陈霓。谁来都是一样的。这一家人自有断不开的历史，家门不上锁，她就进不去。她一直等着坏消息，随便什么意外，婚事要黄掉，没想到总是没有。

她只好对男人说算了吧，这婚我不想结。

八点钟出发去殡仪馆，陈霓看看表，七点一刻。母亲和几个女眷在折元宝，她就坐在角落里，看一个个来者持香三拜。人人拜得虔诚，有的嘴里念念咕咕，细听有"保佑"谁谁怎样。陈霓不屑：人活着，总要被人讲坏处，一死倒成了佛。她盯紧照片里舅舅的眼睛，他那目光是望着远远的远处，不落脚的。

一个拢着油亮发髻的阿姨坐到陈霓旁边来，说舅舅的名字：是你什么人呀？

是我……

陈霓才吐出两个字，脑袋里轰嗡一声，再说不下去。阿姨只见她紧闭着眼，泪水汩汩渗出来，喉咙呜呜地，胸膛一高一高，忙伸手一下下抚她后背。陈霓大大地摆手，心里诧异自己，不知道这一哭从哪来。

母亲风风火火赶到眼前，眼色厉着，命令她收声：你哭什么哭！别在这儿出风头！

比什么都管用，陈霓一下子回来了，所有压制、冷漠和无望都回来了。她瞪着空空的眼前，努力把愤怒咽下去。挺拔的丁东捧着一团白走过来，轻轻地：姐，我给你扎孝带。

陈霓高抬起胳膊，抿住嘴，让出腰来。丁东从陈霓背后绕一圈，把孝带拢到腰前。他很懂得要松松地扎一个活结，但结心又要实，不会走散掉。白布浆得很硬，四处留线头，丁东一面扎，陈霓一面拣。她要动作着，不然只有丁东动，她怕要颤抖。她记起幼儿园里，男生总把女生手臂捆到背后去，作出凶狠的样子，玩儿绑架的游戏。她也扭来扭去，假装要逃，又怕真的逃掉。

太阳白亮，把光刺在大地上，再激起大地的光。李苗苗把一只瓦盆高举过头，向大地上砸。那瓦盆很厚实，里头和了三天的香灰，三杯白酒，主丧的司仪很担心她一次摔不破，不断提醒着：使劲儿，别想，摔！李苗苗很争气，高举高放，盆底落在石沿上，碎成七八块，扬起一场细密浓厚的灰烟，在太阳底下游蹿，像是活了。司仪满意地叫好。灵车低低一声长鸣，回荡在清晨的小区里,像呜咽的序曲,像大河流起来。

八点整,许多人带着舅舅一起上路。李苗苗坐在灵车的副驾上,后排是陈霓和丁东,再后排是两个外甥姑娘。外甥姑娘一个睡觉,一个蒙上墨镜打起电话来,与对方估测眼下这桩事结束的时间,商讨午后逛街具体计划。

陈霓看着窗外的路,这一路都是舅舅的。路上遇水遇桥,遇十字路口,李苗苗都把胳膊伸出窗外,撒一把纸钱,低低念一声爸爸,我给你送钱花。她一个人完成着所有仪式,没一点儿慌乱失态。陈霓想自己是不行的。她知道是一种光荣支撑着李苗苗,而就是那种光荣,让陈霓一直喘不过气。那光荣的模样,陈霓从没参透过。像出生在一个教派里,只有她没见过那本教义。她在时没见到,走远了还是没见到。

丁东举着一只白幡,随着车身一颠一颠,不说话。在堂前除了帮助舅妈记账,也没讲过几句话。他父母早殁,家事清静,谈婚论嫁时舅舅是看上这一点的。但显然不是撑门面的女婿,陈霓想。

大概舅舅也是看上这一点的,陈霓又想。

郊区的路宽大,但坎坷。丁东的膝盖撞在陈霓腿上,一下,三下,五下。陈霓朝里收一点,过不久,又撞过来。陈霓以为他睡着了,抬头看却不是。丁东大睁着眼睛,耷着脑袋看前方,好像身体不是自己的。她咳一声,那膝盖停住了。

陈霓没想到还能见舅舅一面。是真的舅舅,躺在轮床上,未加预告就被推了进来,像给包间上道菜。

众人亦刚下车入灵堂，遗照还没摆正。推车的小伙子召集着：男性亲友来帮忙入棺。没人动。

舅妈一步蹿上前，人群这时反应快起来，死死勒住她：别往前去！

小伙子低声劝慰：先不看，待会儿有时间给你看。男性亲属！

陈霓挤在人缝里看见了，舅舅浮肿雪白的面目，像是在笑。被七八个人才抬得起，趔趔趄趄置进棺木里。要开光，小伙子高叫：长子！

李苗苗上前：我。

小伙子：站我前头来，我说一句，你说一句。

开头光，亮堂堂，头顶上苍八宝香。

开眼光，看西方，极乐世界是家乡。

开耳光，闻十方，阿弥陀佛法中王。

开鼻光，嗅妙香，佛法熏修开慧光。

开口光，吃斋香，不与畜类结仇肠。

开心光，显性相，万法圆融妙吉祥。

开手光，抓钱粮，手握莲花奔西方。

开脚光，莲台上，圣众接引登乐邦。

光便开过了。李苗苗疲惫地念完最后一句，塞几张纸币在小伙子手里，谁都没有看谁一眼。

"好来！"小伙子喊道。

只这一口气的空档，舅妈凄厉的一声嚎叫，朝舅舅扑了过去,像一只撞墙的勇鸡。众人的拦截不像先前坚定了。她那么恨。她又捶又打,仿佛哪怕此时舅舅活过来,她也要将他打死。陈霓第一次看懂了,死是背叛。

李苗苗终于哭了,肩膀一落一落,身子软得要塌下去。丁东试图搂住她,李苗苗一歪,倒在旁边叔家哥哥身上,哭得很放心。

还不到正午,烈日已经毫不掩饰企图,使人人皮子上渗出焦油。陵园里几乎见不到树,而丁东宁愿沐在烈日底下,抽烟。

陈霓也走了出来,点上一支烟:注意舅妈身体,你和苗苗也是。

丁东咧了一下嘴:我没事儿。

陈霓心里算一下,倒算不清她和丁东,谁离舅舅近。

丁东把烟一摔,脚尖一碾:姐,待会儿你跟我们回家吧?

陈霓点头,以为他要进去了,眼神迎着他。

丁东:我听苗苗说,你是作家呢。回来一趟,耽误你了。

他是抱歉的语气。

陈霓:算不了作家。

专栏而已,现在人人都能写字了。那她算什么呢?陈霓忽然明白,如果她在丁东面前讲不清自己算什么,那她就什么都不算。就像她在母亲面前讲不清自己,那么母亲就生出一个废物。作家,工人,妻子,母亲,她称不上任何一样身份。她离开故乡再久,也不是异乡人。

那你都写什么?丁东在问。

陈霓心头一颤。母亲从没问过，你在写什么。故乡从未有人问：你在写什么。故乡从不向她提问题，只在她归来时做审查。她总看见同样的脸孔：你好自为之。

最近写一个剧本。陈霓回答他，声音又要发抖。

丁东：是电影吗？

陈霓：是网剧。

丁东友好极了：现在网剧特别火。等拍出来告诉我，我带苗苗一起看。

灵堂里传出轰轰嗡嗡的乐曲声，压不过四下高亢的虫鸣。陈霓问丁东：你不进去？

丁东又点上一根烟，摇头。

母亲从那门里走出来，伸头伸脑地望望，才走过来：在这里站着？也不进去。

没人讲话，母亲和自己商量过，又决定似的讲：对，你别进去。

转身走了，走了又停住，回头隐秘地：我代你烧纸。

李苗苗跪在焚烧炉前，守着几袋元宝纸钱，一笔一笔地投进去，不抬头：你们先回吧，给我留辆车。

守炉的大姐知心地表示同意：对，这一炉必须烧透，烧透他路上就能花。另外得加符——符就不是保他了，是保家人朋友，谁烧保谁，从我这儿请，一百块钱一套，五张。

陈霓转身就走。她迎着太阳，一路走向停车场，远远看见丁东站在一辆车边上。

丁东喊她：姐！

陈霓张了张嘴，不知道怎样应。

丁东紧张地：你往我这一直走！不能回头！

陈霓笑了。

她明天就会走，心里很踏实，就把手指头轻轻磕在车窗上，点着一座座一晃而过的楼，心里想：这里原来是什么呢？那里呢？像变回小姑娘，初来看大世界：这个是什么呢？那个呢？

陈霓忽然想道：妈，我舅原来单位里，有人来吗？

母亲稳稳地：有。有几个退休的，来了。

陈霓开始想象自己的死亡了。但因为不晓得死在几岁上、谁手里，死亡的面目就还是缥缈。她只能仓促决定，不要葬礼，不要那些被强调的注视，被履行的义务。可是该要什么呢？噢不对——如果你都死了，还要什么呢。

陈霓又笑了。

房子已经被打扫过，灵堂也撤掉了，变回一条餐桌。舅妈和李苗苗还没回来，母亲去厨房找水喝，却迟迟不见。只有陈霓一个人，她胸腔里那口鼓鼓的气，一点一点漾出来，身子瘪下去。她顺着客厅走进一个房间，竟有两只大大的猫，一只乌黑，一只橘黄。可是舅舅顶讨厌家里有活物，她知道，除了鱼。

床上只有一只瘪枕头，一条皱巴巴的夏被，被暑天蒸出浓重的人油味道，告诉你主人不堪生活了。猫一眼都不看她。床和柜子都不高，猫亦没兴趣征服。家里死了人了，猫只是继续活着。陈霓去到另一个房间，大概是书房，佢没有书，高高满满地堆着一捆捆杂志。舅妈早先是中学教师，后来去一家杂志社做主任。这是一间库房，陈霓想。她刚刚识字时，暗暗崇拜舅妈，以为她是知识的生产者。此时她想，她不过是库房。

她发现了，这房子只有一个主人，哪里都没有舅舅的痕迹。客厅没有，卧室没有，库房更没有。她到厨房去，厨房里母亲在吃西瓜。她问她：我舅呢？

母亲并不失色，以为陈霓在演动情：多少年，你回来也没想着来看一眼。

陈霓反应过来：我舅不在家里住吗？

母亲不耐烦了：他住楼上。单位不是又分一套房嘛。

陈霓追问：多久？

母亲：从苗苗结完婚，就上楼了。

八年。陈霓感到亲切，和死者有了联结。她必须走这一层楼上去，去安慰真正的舅舅，告诉他不是我们的错。

大门开着，房间和楼下是一样的格局，客厅里有香堂，对面是写大字的条案。案上垫着厚报纸，染了团团黑，字也写在报纸上。砚里的余墨干透了，裂出一块块皮。几支糟笔散散扔着，笔毛硬得像鞭。陈霓细看几行字，认不得是哪篇文，但知道不是诗，是经。

里间传出动静来，陈霓做梦一般走进去，看见高耸的丁东，立在打开的衣柜前。

姐。丁东眼里充血：你说我爸这些衣服，怎么处理？

遗物。对啊。陈霓想，如果我死了，遗物怎么处理？钱倒容易，物呢？再一想，死了可真好，全留给活人去费心。

她帮不了他，于是伸手去抱他，把他的头发拢在手心里。这屋里困住两个男人，逃不走又说不出。她幸运又可耻。

丁东低下头来，胳膊环在陈霓肩膀上。他断断续续地哭过，鼻孔闷住了，一团一团热气，烘在她的颈窝里。

他太高了，陈霓慢慢踮起脚来。我要救他。陈霓想：他们是一伙儿的，而我们是外人。她看见自己伸手去救他，心里却知道是反过来。

她的手在他背上一下一下地顺，感到自己的身体在发热。呼吸因为变得浓重而需要屏住，喉咙里什么东西在肿胀。她停下那只手，张开指头，像吸盘一样贴在他背上。他的背像山一样。

发生了静谧。没有人说话，没有人哭泣，没有人呼吸。他们贴近身体却失去原因，陷入静谧。一个成年男性自然了解这静谧的意味。他犹疑着抬起头，他们的身体却更加一一对应。她的耳朵贴在他的心脏上，血流呜呜地响。她的小腹贴紧他的要处，她感受到他愈加坚实的热情。他的手用力钳住她的腰，像巨大的牙齿。

丁东。陈霓叫他一声，随着他的手摇摆着身体，挤压毫无距离的距离，她放心地让声音颤抖：没事儿的。

然后他们听见李苗苗清脆的问题：怎么了？

陈霓好像吞下一块冰，镇在那里。丁东推开她，说了什么，李苗苗又说了什么，丁东表示肯定，李苗苗表示不出所料，是她，是陈霓，他们响亮地达成一致。耳边的嗡嗡声消失了，李苗苗冲到陈霓面前，得意地诧异：姐，不至于吧？

陈霓什么都不知道了。李苗苗昂扬地大步下楼去，高喊着：姑！像唱起一首嘹亮的歌。

亲爱的床单，缀满虚假的碎花，嫩白和浅蓝。尚有斗志的肉体不会注意到它并心存感激。它牢牢包住一张床，像一张荒地的照片置于一场展览。谁见过床的样子？三十八岁的女人不动声色地看，看够了，就无情地把那碎花掀翻。一张泛黄的被子，也掀翻，露出紧绷的床板，像一张潦草的地图，走南北，也走东西。

声响，像猫，不是猫，棕黄色亮晶晶的蟑螂，来不及死，逃也懒得逃了。人爬上床，它保守地挪到一边，互不侵犯。房顶犯过水，有一摊浓黄的污，像一把短手枪，或穿了几十年的毛线裤，咬掉一口的糯米糕，智齿，耳朵，牵手的山峦，吃豆人，血盆大口，抓捕，圈套，无仇的诡计，消磨，活，你死我活。

不知道多久，陈霓支起自己，下床来，走出舅舅。她一步一步走下那层楼，走进那道门。

全世界的人都回来了，舅舅的葬礼宣告完成。母亲的西瓜没能吃完，剩下几块斜躺在白砖上，淌着红水。丁东没有多看她一眼，高高走进房间去，狠狠摔了门。母亲低着头，缩在沙发边上，她刚输掉一场激烈的争论，颈上还泛着一块块红斑。陈霓知道再没什么可说的，母亲赢不了的，她想也不要想。陈霓说妈，我改票回去了。母亲不抬头。舅妈在角落里笑一声：谁还敢留你呀。

几个方向跟着传来窸窣的笑，冲淡了上一次死亡。陈霓又一次给母亲带回羞耻，赠予所有人欢愉。她再次听到那一声长鸣，浑身火烫，接着一节节冰凉。空气里满是圆睁的眼睛，肆无忌惮地注视她，用一种永别的神气。

缅甸日记

Of the Tour

那天下午就和世上许多时刻同样的，事后想来早有预兆。接听一个电话原本算是平常事，但声音和气味一样，有其特异效用，能在语言之外，无中生有拨开一条路来。事后无论悔恨还是庆幸，都来自记忆的误解，和对那点可怜巴巴的预兆的高估——有多少不可救药的迷路者，明明从头到尾手持着地图呢。

　　"对不起，"他在电话那头说。我的朋友。

　　我当即分辨出，他的抱歉起于还未说出的话，而不是已经发生的事。同时我察觉到，这一个对不起的含义，更接近英语中的用法：对不起，你有此遭遇；对不起，这并不公平——而不是结案陈词般：我对不起你。野蛮人爱用刀棍行使伤害，文明人则擅长一些小小的语言习惯，比如泛泛空谈，言不由衷。察思至此，我乐观起来，安慰自己不必过多准备。然而很快我又错了。我希望我的记录能令我记住，乐观不利于察，更不利于行，乐观全无用处。

"我希望你跟我一起，到缅甸去。"

"为什么？"我因为这个提议的无理十分想笑，但我牢牢记得与人交流的礼貌，我忍住笑。

他立即无奈起来："我们早就说过了，你也同意了，你有几次都同意了。"

我几乎能确定这是谎话，几乎能，但也必须承认我的记忆中曾有空白，谁没有呢？我略微停顿，顺势问道："去干什么呢？"

"该去了。来不及了。要拆了。"

我听不懂他的话了，我闭嘴沉思：要么耗些时间问个清楚，要么立即确定他是个骗子——利用我对自己的怀疑来实施欺诈，长久以来这样的人并不少见。

他叹了口气，像个好脾气的幼师一样诱导我："你站起来，看一看外面——要拆了，全部拆掉，什么都没有。"

"好，"我答应着，可是坐着没动。我看得见。许多人搬走了，可那并不影响我。说实话，人们不断离开令我的烦恼更少。

他仿佛听见我的想法，说起人们搬家的一类事，并且隐晦地指出是因为我，我的错，例如曾有某个热情的好人邀我共度一些愉快时间，却被我态度恶劣地拒绝。

"过山车马拉松，你是说那一次吗？"我立刻生气了。"我坐不了过山车，一次也不行，更别说三天三夜了。"

"人家是好意。"

"你怎么知道？"

"那么还有，"他另辟战场，"那个姑娘，送你礼物的姑娘。"

"一只孔雀！"

我按照那个姑娘兴奋的指示，打开门：一只巨大的孔雀，活生生地，占满门框，等我饲养。我关上门，没再开门，也没再和那姑娘说话。

"谁需要孔雀？！"

"谁都需要孔雀。"他又叹气了。

"我不需要。"

"听我说，"他口气软下来，变得异常诚恳。不过在电话里，人人都诚恳，"过去的事情，我们不说了，"

"是你先说。"

"好，是我先说——过去的事情，我们不说了，但是现在，无论如何，你要听我的，去吧，哪怕看一看。你相信我吗？"

我想了想，我想要思考，可是无从思考。"我不知道。"我说。

他很久没说话："你要理解我的处境。"

我又想笑。我连他语言的字面意思都不能理解，又怎么能理解他的处境。我急躁起来，像一团火，这并不复杂，只是一次选择：答应他，不答应他。既然拒绝令他如此痛苦，那么答应他好了。

"什么时候走？"

"你准备好就走。"

我们一走下飞机，就有些人和汽车迎上来。当他们确定地表示我在这里绝对能够开车，并对我的担心和推辞表达出敬佩和赞叹的时候，我就知道这是怎么一回事了。我穿过当地人的重重热情，找到我的朋友的眼睛，他欣慰而谨慎地微笑着，意思大概是：还不止这些呢。我看见我将要驾驶的汽车，和地上的砖瓦、天上的云雀一样，像花朵一般绮艳，而花朵和花朵中的花朵，倒像土壤和水流一样平淡。我的朋友与他搭建的景境融为一体，巨大而简陋。我明白如果生日蛋糕上的蜡烛已经全部点亮，你就不该迟迟不肯关灯了，我当然明白。

路面窄小但算不上崎岖，汽车的驾驶系统完全像是给小孩子设计的玩具，使我有点意外。基本上它只有两处需要操纵的按钮，走或停，而怎样走和怎样停，似乎与我的意念相关联。这样一来实在太简单了，但我知道家里的汽车并不是这样开。

"不难吧，是不是？"他从后座探身过来，赞许我但实际上是赞许着自己。我心里明白他此行的目的，可不仅仅是让我能够开车这么简单。比如现在，坐在他身边暗影中的男孩还未被介绍，只是因为时机未到而已。车行的路线似乎是我在把握着，然而我确信，不论我们即将经过、到达哪里，等待着的早晚是一桩交易。

车停在一间旅馆前，这时我才发现，已经到了傍晚的最后一刻——云层之间相隔甚远，相隔如同密室与密室之间的长廊，云片清长而薄，呈现出透明的紫色，偶有边隙漏下小小的金光。在这最后的天色里，旅馆的门墙顽强地显露身姿——和等在门口的管家同样稍向前倾，经年雨水冲刷的粉迹与日晒的裂隙依缠在一起，漆色也许是芽黄，也许是岩青，也许是血红，时间里一层覆盖一层。我没了猜度的兴趣，再抬头夜空已经漆黑至极，没有月亮和半点星光，四下与我都消失。

"想要仰望，是不是，"他不等我回答，自己回答道，"我想要仰望。"他强调着，重音落在"我"字上。何须说呢？我看见他虔诚的眼里，仍然映出云紫与金光，映出一整个天空，而除了他的眼睛，我已如盲人般什么都无法看见——天已经太黑了。

他拉起我，向旅馆走去，一边又不厌其烦地罗列起驾驶的意义，而其中最重要的一条是："它并不难，你想象它很难，可你做到了，就跟你喜欢骑马一样，对不对？"

我对他一路来无休止又毫不恰当的比喻早已失去耐心，忍不住指出："我不会骑马。"

"怎么能这么说！"他愤怒地捏紧了我的掌心，随即又放松，握着我的手一同向上扬了扬，像在对谁说：我们在这儿，我们就在这儿呢。

旅馆的大堂正像是童年夜晚邻居的客厅，每一盏灯光都浑浊而有重量，比黑暗更加使人昏昏欲睡。我坐在一旁，"考虑到她的身体……"听见他们断断续续的密谋。他们的声音清楚，咬字准确，是无名的阻碍使信息在我的头脑里中断。我太累了，我想告诉他们我没有时间来停止对抗、参加到他们的意图当中。但我没有。我连这告诉的时间也没有。一切都在我眼前暗中发生，一直是这样。

一走进房间，我就注意到床头灯变了位置。从前它被无奈地摆在床脚，如今床头边狭窄的缝隙里，嵌进了一只难得同样狭窄的床头柜，于是床头灯真的在床头了。

他站在我身后，轻快地压抑着得意："怎么样？"

我列出笑脸，点着头尽量大声说："嗯。"心里盼望这种小小的喜事尽快过去，不然人们又要为它探讨出无尽的意义来，像我们对待葬礼上的死人那样——赞美他，来掩饰我们对废物的一贯歧视。他明白这盏灯一直以来给我造成的困扰，而我明白问题的解决完全是他的功劳，就够了，不够吗？我愤怒地在心里质问，我脸上的笑容神乎其神。

"该睡觉了。"他看我在床边沉沉坐下，据此判断不该更进一步。在他话语的尾音里蕴藏的永恒之中，我闭上眼睛享受起令人放心的黑暗，终于啊，终于。当他巨大的眼球和口腔再次出现时，我并计算不出我睡了多久、是否得到了所需的休息——我发现身上穿着熟悉的睡衣，这说明我曾回家去。已经过去多久？我说不好。我换上一套购于当地的艳丽得几近透明的衣裤——已经穿旧了，踩上一双草编拖鞋，在满满地凝结着水珠的沉甸甸的空气里游动出去。从街边人们与我笑谈的态度看来，我早已算不得游客。我在橱窗里看见，如今我拥有一头干枯坚硬、劣质草结般的黑色卷发——就是出自市集尽头那几个整日滔滔不绝的年轻学徒之手，他们骄傲地为我命了名，Big Hair。

"看那边，又一只孔雀，是不是？"他在小心里添加一些不经意，为在指出我曾犯下错误的同时马上表达宽容。遍地是孔雀，我早看见了，也早看腻了。这里的孔雀只只都像落魄禽鸡，体型瘦小，毛发蓬燥，色如废墟，唯有脸前一只凸喙不成比例地巨大、尖厉。他开始在几只孔雀丛中逗弄，仿佛起舞，兴致盎然，而我知道它们完全可能下一秒就把他咬死。出于同情我静静站在一旁，没有出声提醒。人人自有判断，就让他们去吧。我据以判断的证据就是它们没有眼睛——你知道一张脸上该有一双眼睛，也许的确有，你只是看不见。

他兴致勃勃回来，继续我们的散步。我不露声色地等待着，希望他能开口说起这次交易的具体事宜，而他再一次没有，转而谈起眼下的雨季。我习惯地顺应着，我的耐心奇怪地随着一次次失望愈积愈多，每一次小小的尚未如愿都令我感觉踏实。我掀开宽敞的袖笼，向他展示皮肤上密密实实的黑色圆斑。

"我觉得是因为下雨，你说呢？"我轻轻抚摸着其中一个圆点，并不凸起，比皮肤更加光滑，"每一个都是这样标准的圆，像最小号的硬币。"

"好处就是湿润，"他像没有听见我的话，"身体感受到湿润，精神也感受到湿润。"

然而他分明有意地一把拉下我的衣袖，把黑点盖住。

"是啊，是啊。"我点着头，我已经察觉了空气中这些水珠的功能，它们吞掉一些表达，吞掉一些不被接收的力量。

"我知道你回过家。"他说出这句话，像是对我某种问题的回答，对这一点我当然不满意，但更加令我在意的是，他把那视为我的背叛——令我失望了，你——这就是他的意思，却全然不念正是因他而起，我才曾亲眼见何为背叛。我那被礼貌牵制了太久的愤怒终于找到理由，为使场面不至于过分戏剧化，我冷静生硬地说：我要一件雨衣。

"先吃饭吧。"他再次魔术般拿出一个新的提议，计划中的餐馆适时出现在眼前，他领着我大步走进去，把我和我的话语留在门外一颗颗水珠里。

这是我第二次见到那个暗影中的男孩，他和他所依附的暗影的样貌与当时别无二致，仿佛一束光的两面。透过他我看见我的母亲，她的神态留在不曾和我相识的岁月，似乎是衰老，也似乎是年轻。他们匆匆走近，向我们这一桌潦草致意后，便带着歉意表示有事在身，随后匆匆离开。我的朋友在这一片慌乱中风度不减，已向服务员交代好了我们的餐单。

"那是……"我望着他们的背影。

"噢，"他恍然大悟似的，随即好笑于我的惊奇与留恋，放心地宽慰我道，"不是今天，不是在今天。"

人们总想取得我的信任，而手段总是欺骗，正像人总念叨着要攀登，却一得机会就往下跳。我们一桌六人，都露出牙齿来冲我笑。我长出一口气。等待终有回报，交易近在眼前。

辨别谎言很简单，只要你只想听真话，假话就会令你的喉咙感到恶心，眼底阵阵眩晕。但这并非多数人的选择，连医生也不推荐。如果人类停止说谎，幸福将从何处来？赌徒的明天何在？不可想象。我们出于饥饿，什么都信，只为给自己生火，拿点安慰果腹。想想吧，人间哪有账本，幸福来自欠债，生命便是索爱之债。

"那么，哪位是……"我用眼神询问他，想辨认出这场交易的主理人。而他眼色一亮，"上菜了，"将我的问题拨到一旁。

这类本地著名的美食日复一日愈加著名，也日复一日令我从无味到恶心。光洁的浅碟分别铺盛着绵糖、细盐和一种棕色的苦粉——据说你将在三十分钟后颤抖着迎来回甘——每人一份这样的三粉套餐。餐桌中央是一只高大的三层竹篦，内容物供全桌分享。最上一层的格漏最为稀疏，高高盛满了生麦粉——大颗粒留在上层，较细与更细的粉粒在时间里缓缓下漏，分别落在第二第三层竹篦上，得以满足不同人的挑剔口味。

"来吧。"他从最上一层舀起一大勺还未筛好的麦粉，全部吃进嘴里，喷香地嚼着。众人意外于这漂亮激进的吃法，自愧不如地啧啧赞叹。我同其他时刻一样毫无胃口。一目睹高昂的兴致，我的内心就更加沮丧。很多人认为愉快像疾病一样传染，其实是彻头彻尾的谣言。

主题在交谈中渐渐显露：是一场演奏会，一场未来的演奏会。原来如此，清楚了，我在第一个狂热的手势里就看清了整个陷阱。事实是此地没有一样乐器，也从没出生过一位音乐家。"努力！""前进！"人人目光发亮，竭力证明自己已经看见了传说。是的。是的。传说不需要传说本身，传说只需要一个接一个心照不宣的人。

这就是他们意图邀请我所做之事：畅想，描绘，空中之城。我像个新手一般指出我们缺乏乐器，我亲爱的朋友立刻回应道人们更加缺乏耳朵。这不假。多日来我便是其中之一。我不光缺乏耳朵，同时缺乏眼睛、食道、毛细血管和神经中枢。我额头滚烫，又全身发冷，一日之际全在梦醒之间的对抗。他们体面地表达同情后，训诫我说不远处正在发生战争——真正的战争，而当我表明甘愿成为一名真正的士兵时，他们又立即斥之为妄语胡言。有些人没答案，有些人没问题，交谈起来看似热闹、互帮互助，实际星转云散，狗吠猪鼾。我明白演奏会必将发生，也许已经发生了。节奏早离我远去，世间音乐已不由我。我看着我的朋友，他拿出法官的眼神，等待我内心俯首——或是哪怕没有，也不要紧。他想拿到的是我的信服与交托，先按下手印，真正的信服日后再说。一人口中讲起笑话，"明天，明天。"我毫不犹疑笑出声来。规则如同母亲儿时服过的药物一般在我的血液里一息尚存，我并非不知道，此处应有欢笑。

　　在夜幕降临和太阳升起时，我的眼球即蒙上一层荫翳，使目之所及颠倒、溃烂。无论白天黑夜，我不为人知地半盲着，宛如一只从太空望向地球之眼，总被云层遮蔽。然而云层偶尔露出破绽，像老光棍使用多年的床单，拔丝絮烂。有时在房屋里，有时在山间，有那么几分钟我的视力恢复，感到万千信息刺破阴翳，洞穿而入。感官与感官团结一致，一旦看得见，你便也听见闻见，所见所闻伸手可触。体温与气温融为一体，心脏退后一步，跳动于所有心脏中。有那么几分钟，那感受就像童年之家，世界就是房屋和家具，万物未来即是房屋和家具，既小又大。你面对未知，感到苦涩的熟悉，心生悔恨。你学会眼泪换不来糖果，从一数到十则可以。

我们驶离城区，进入两片白桦林间，左边一片，右边一片。树干粉白，又细又长，像高举的手臂，前倾着站满山坡，尸体的聚集。

在山路上我们换乘大巴，昨晚的雨使路变得更窄，两边的松土化成软泥，像女人的舌头，不断舔舐高大的橡胶轮胎，一点点不留心就会被她吞噬。乘客们低头忙碌着旅途之外的生活，相信意外从不在自己身上发生。我坐在左侧后轮的正上方，它又一次滑进了泥舌，身下不远就是陡崖，司机利用方向盘摆动车腰，小心地挪拽。来吧，来吧，我在心里呼唤，让我看看你的旨意。我观察山崖的坡度，计算这样的大车将完成几次翻滚，我们会在哪棵树脚下碎裂、流血，干燥地死去。我抬起头，正与他对视。我眼里的向往交换了他眼里的失望。

一向谨慎的人往往辨识不出胡说八道，尤其是自己的。看！明天！他不断拉我入伙，像醉鬼饮着空杯越来越醉。我知道那不过是语言，是灵魂离窍时的不由自主。选择死亡是否不可原谅如同选择掠夺和杀戮？

我无法感知世间隐情和言外之意，哪怕是人尽皆知的联系。久而久之，我对隐情这种东西完全失去了兴趣。人们由于自大，事事都要换种说法，偏不直言。由于自大，坚信人生是场寓言，乱中有因。这类比喻越发令我恶心。

许多疾病使身体死亡一部分，聋哑，断肢，视网膜脱落，鼻炎。另一种死亡则不为人知，它们早早彻底地发生，躲在幕布之后，切断台上的表达，之后便是长久而冷静地窥视观众。没人明白已经开始散场，直到完全的死亡最终出现。在这之间的时刻我们忽略不计，混为一谈。为了避免歧视，我们把所有人和病人混为一谈。不过当死亡行动起来，只有病人前去迎接，维护气氛。我们退后到大厅四角，低眉顺眼，像远房亲戚赶上了主人家的盛大聚会。主人越从容，我们便越难堪，越感到被冒犯。

选择死亡是否不可原谅如同选择掠夺和杀戮？

还是不行。尸体和他一同摇头。他们早知结果，却假装这是令人遗憾的新发现。人活着便要这样，说些时髦又不顾灵魂的话，猛踩油门，不可松懈，塞紧时间。尸体的目光扎穿阴翳，我记起他是谁。他在第三天到来，发明了谎言、长夜和瘟疫，说那是爱。他发明了尽头，驱赶天空只留沙土，却说此中有希望。人总不同意伙伴先走，但允许他们漫长地自杀，这杀戮越漫长，苦难越持久，好人就越心安。我记起他是谁，他闭口不答，一切清楚异常。他说来吧，既然如此，跟我来吧，我带你去。

终于见到了海。我眼前只有他模糊人影，模糊的步履踉跄。我感到一股崭新而亲切的快意，像苦恼少年的首次喷薄，羞愧又放肆。海水一块块撞击而来，冰冷滚烫，和所有梦里一样。我们立即深深埋入她巨大腹中，滩岸遥不可见。

海上当然没有船。从没有过船。鱼和天使一样，是我们臆想之物。受凉使我的体温骤降，通身舒畅。空中飘满了氧气人人一份，唯独没有我的，深埋在海里才能呼吸。海水乌黑，和皮肤一样黑，将我从我眼里隐去。四下只有这黑色的海，只在其中才能感到她温柔高耸的振荡。我努力向他传达我的新知，我的喉咙越是喧哗，越被这寂静吞没。

关于世上的问题，人人都有点主意，又都不是办法。为什么答案总是旅行，因为死不过是走开，而旅行走开又回来，简直两全。

"不是那样，"他说，"不是你想的那样。"他一遍遍说。我看出他已经不信，我看出他早有计划。他的在场开始显得不合时宜，像墓穴里永生的承诺一样令人恐惧。我的皮肤乌黑、厚实、光滑，在水中浸入，又不断浮起。他向岸边划去，他一上岸，岸便消失掉。夜色和阴翳一起降临，我无法下沉，也无法着陆，可触摸的只有海水，和我的皮肤。死亡被禁止，永恒的漂浮。

我听见客厅或书房地板上的脚步声，尽量缓慢、轻省的，祈祷不被人听见尤其是我的脚步声。可地板已经太旧，像老头子的膝盖或脊柱，叹息着吱吱作响。他们的目的是打扰，却伪装成联盟。酒店仍然封闭地开放着，我已不再是房客，前台姑娘神情冷淡，但不担忧，世上房屋一天比一天多，总归不愁人来住。

人来人往，在我的床边，过往在呐喊，企图再发生一遍。我们总是过分温柔地对待自己，追求傻笑，浅尝辄止，把力量像脏水一样泼到大街上去。人们需要堂堂正正地侵犯，而非矢口否认，小偷小摸。你不光要注视聆听，还要常常攻击，以获取力量和愧疚，否则必定渐渐萎靡，生如同死——揪来时间，把它拉长，把道路与目光一并拉长，就能够耗尽愤怒，叹息，温柔地叹息一切不得完成，再满足于叹息，随后满足于寂静。

"我知道，你以为我感到抱歉，但事实正相反。"我使出所有力气。欢乐令我恶心，而欢乐正是你。

甜蜜，水粉色甜蜜从喉咙漾起，从指尖，从头皮，深深的腹地漾起。男孩来了，小小的黑影。我看见他和我一样没有眼睛，而我和他一样通体乌青，我感到胸腔里奔腾的气体缓缓泻落，我看见休栖的可能。
"把票给我。"我对他说。我要回家。

青年的信件

From the Past

还有九分钟才发车，青年就已经找到了车厢。他于是停下脚步，卸下双肩包一侧的肩带，歪着头从包里掏出烟和火机，目光严肃地抽起来。

　　这是他目前必须要做的一桩事情。这一趟旅途要持续五个小时四分钟，一路向南走，经停四站。路上的每一站还是可以下车来抽烟——他虽然这么想，但抽完一支还是又点上一支。列车员上车之前看他一眼，仿佛是意味深长的，却又什么也没说。他看时间，还有四分钟。

　　他的包是黑色的，是又软又厚的皮。这个包体积很大，远看会以为很沉，但其实上当了。包里空荡荡，除了钱包、半条烟和一只金属打火机，唯一一件具备旅行属性的物品，就是一瓶男士香体剂。他的两肩不宽，包又不够垂坠。走起路时为了稳固，两个膀头总要耸着。现在卸下一只肩带，另一个膀头就耸得更高，几乎贴到耳朵。不过他的头发是新剪的，鬓角修得硬朗又尖锐，显得好教养，即便引人目光也不会遭轻视。他吐出一大口烟，凝神盯着飘出去的一团青灰，手抚上耳朵，指头一下下捋着——他因为不太冒胡茬，又不好空摸下巴，就总去捋鬓角。

列车员站在车门里头，仿佛又在看他。不可能扔下我不管——他相当确定，心里却没来由地一慌，扔了手里的半截烟，几大步跨进车厢。火机和香体剂撞在一起，不满地叮当响。他刚一站稳，身后的门就关上了。

青年早选好了靠窗的座位。因为谁都知道，乘车如果不靠窗，就不能算旅行，只能算位移。青年坐好了，斜睨着右手边靠过道的大姐或阿姨，她顶着一头油汪汪的细卷发，手捏车票，行李袋鼓囊囊挤在脚下，一脸庄正，毫不遗憾。

这个年纪的女性在他眼里不算女性。他扬头看看，行李架还是半空的，那么阿姨的袋子之所以未放上去，大概是受了身高的限制。

青年心情尚好，打算当个绅士，就站起身来："我帮您把……"

"不用！"阿姨迅速看他一眼又迅速收回目光，两条腿把行李袋夹得更紧。她声音很大，显得拒绝也很大。青年原本预备着听到感谢，已经发动了友善的情绪，他连"小事小事"的微笑都酝酿好了，这一来实在措手不及。

他脸烘地一热，挨了骂似的坐下，不再说话。列车此时开始滑动，使他感觉到身体的流淌。这流淌救了他，他迅速望向窗外，把不知好歹的阿姨清除出视野。接下来的五小时四分钟他决心只与自由和风景为伍。他的旅途开始了。

列车员检过一轮票，青年打开面前的桌板，摆上钢笔、白纸本和上车前买好的一杯咖啡。他在咖啡还热的时候就加了糖，并且搅拌均匀，现在喝起来正好。一切早已经过计算，井然有序。啊！伟大的咖啡！这个年轻的男人迅速兴奋起来，感到心脏强劲有力，要飞出胸腔去。他脸上现出得意的笑容，下颌隐隐发颤：啊，旅途，风景，速度，连绵的群山。他瞪大眼睛盯着窗外，窗外没有山，窗外仍然是可悲的深灰色楼盘，一柱一柱地立着，布满无声的眉眼，像这城市的送别。

不过乐观的神经轻易就冲淡了眼前的失望，他自然相信明媚的风景还在途中，在未来。青年感到一切就绪，必须立刻展开创造。他翻开本子，拔掉笔帽，开始写信。

亲爱的教授：

活到现在，你肯定几时的天光都见过了。深的，浅的，三点的，五点的，彩色的，乌灰的。无论多么早，又多晚吧，你一定都见过了。我是你面前的陌生人，我首先给予你这样的信任。

似乎年轻人多受夜晚的吸引，而老者偏爱清晨。我不知道这推测是否有科学依据，但你看此刻（凌晨两点三刻）我还醒着，这至少可证一半。

我没法确定，你将在怎样的时刻打开这封信——无论如何，请不要对它一笑置之。为了吸引你读下去，我愿意向你过分细致地描述我目前的所见。我想你一定颇有兴趣。

我住在这个城市的四环边上，在你任职的大学附近。我所居住的楼层算高，今晚的月亮非常好。夜里的天空是浓黑色，而月亮是深深的橙黄，未提供半点光辉。远处有几块嵌在楼顶的灯牌还亮着，自以为是地耗电。近处，几栋邻楼全部黑掉了，像夜间休憩的怪物，身形不辨，逼到眼前。写下这封信的前一刻我在看书，一名艺术家的回忆录。我不想告诉你那是谁，因为那会暴露我的阅读取向，令你对我妄下判断。说到这里，我想提醒你，我可不是一个困顿偏执的青年作家，写信给你也不是为了寻求赞赏和推荐。我的工作与写作无关，它相当体面且极有物质保障。在工作上，我的表现优秀，直觉敏锐，行动迅速。这不是我对自己的夸张或想象，完全是来自同事和上级的日常评语。要做到如此，不得不提到我所具有的一项突出品质或者是爱好——观察。我认为学会观察极其重要，任何领域的成功者，尤其是文学领域，比如你，都必该是合格的观察家。

我观察人。观察密友，同学，父母和前辈；观察司机，收银员，同乘地铁的旅客和惺惺作态的演员。我最爱观察初次见面的陌生人，观察他们如何抓住每一次机会，来表达自己对完美和深刻的巨大误解，和对一个完美又深刻的自己的可笑描画——就像他们从没经历过真正的交流和了解，或忘了自己曾经一次次被揭穿。我发现，越是热爱展示自我的人，越是忽视观察他人和世界。我同情他们——

就在这世上浅浅地走了一遭，浪费了健康的眼睛和精密的大脑，令人惋惜。

　　你还在读吧，你的体力和耐心是否足够支撑到这儿？你应该在想，这东西和我有什么关系。既然如此，我还是尽早切题，来说说我对你的观察。

　　青年盖上钢笔，深深吐出一口气。咖啡已经喝完了。他飞速浏览着刚刚完成的部分，扮演一个初次阅读者，用新鲜的眼睛体会其中意味。

　　他一开头就撒谎了，这是他早想好的。他需要这些无足轻重的假话，来建立统治者的自信，来证明收信人一无所知。那些虚假的景色描写使他稍稍脸红，想到几位语文书里出现过的作家。而那一整段对于观察的论述他很满意，忍不住又读一遍，真是一气呵成。他决定不作修改——写过的这些不修改，将写的也不改。这信已在他脑袋里盘旋许多天，要像腹泻一样把它倾喷出来。他用手掌抵住桌缘，轻轻使了两下力，对自己说：不错不错，开了个好头儿。

　　此时火车已经完全脱离城市，在大片平原上疾驰。没有河流。车厢两翼闪过干枯的土地颜色，像穿行在一块巨大的破旧抹布里。

　　青年还是忍不住侧头看了看身边的不知好歹女士，她仍然两腿叉开，紧夹大包，一段宽腰直直地拱着。她眼皮微张，牙关紧咬，像在控诉什么不公的待遇，又像是已经睡着了。

　　一个套着松垮毛料西装的男人唤来列车员，逐级质问她盒饭的价钱：四十元、四十元是几个菜？没有饮料为什么叫套餐？他一声比一声高，俨然监察员的派头，最终总算落实了兴趣：要十五元的。

列车员收了他的钱，告诉等下送来，蹬蹬走掉。男人还在不屑地讲：网上都扒皮了，什么四十八十，菜都是一样，他们乱定价。

这些形形色色的人呐。青年不禁微笑，感到自己志趣高远。刚刚开头的信飘回到他心上，他心里一沉，却在这负担之下忽然想出下一部分的第一句，于是抓起笔继续写。

我想你从未浪费你的才华，它们一路为你赢得了如今的声名身份，只裕不亏。我在读书时曾和多位教授打过交道，他们有的横向膨胀，出落成浑身拍了面粉般的官员模样，有的低矮萎缩，成了整日莫名笑嘻嘻的老头儿。在见到你的第一眼，我立即理解了你的自信和骄傲——中午，你走在涌向食堂的大学生里，严肃矫健，面庞上扬，如同狮群之王。你穿一件西装，牛仔裤，帆布鞋，毫不避讳地宣告成熟男性的独特品位。还不错，确实还不错。我很有理由挑剔你的身材外貌，角度客观地做些打击——不是挑不出毛病来，不是，但我不想这么做。

你不用觉得恐慌或危险，哪怕是一点儿不快或不适，也没必要。我不是偷窥狂，我只是一名观察家。以上描述的场景发生在两年多以前了，那时你还没到五十岁，站在壮年的尾巴上，意气风发。在见到你之前，我已经从别人口中听到许多有关你的描述。考虑到描述者的身份和立场，我不能完全排除这其中包含了不少的夸大和想象。是，这个人是一个姑娘。作为和她足够亲密的朋友，我第一次听她提起你就立即察觉到，你正在对她的生活产生越来越重要的影响。

青年紧皱着眉头，停下笔，看见自己走到第一个岔路口。他要开始碰触一些东西了，一直以来他独自拥有的。

幸运——姑娘这样形容自己，在刚刚开始大学生活并结识了教授之后。

"咱们都成年了，"她遗憾地说，"成年第一个不好就是，没有老师了。没有人天天花时间教你，下一步该干什么。"

随后她浮出微笑，谈起教授："他真是个好老师，像一个专业的父亲。"

老师的话也并不全对，父亲就更别提了。青年提醒她。

"不，"她喝酒了，不礼貌地皱眉头，"你还年轻，你根本没经验。"

从这一刻开始，青年就对教授的形象产生了警觉。他对面前的姑娘喜爱已久，还没有正式占领。本来并不着急，他在等待一个自然的时机，他希望事情水到渠成，日后不必讨论当初是谁追求谁。可是危险的信号出现了，他的姑娘表现出经验崇拜，这几乎等于对他全盘否定。他连修正的余地都没有——他就是缺乏经验，就是年轻。他其实比她大上几岁，可是显然她忽略不计。他突然觉得人人赞美的年轻毫无意义了。他站在她的同龄人阵营中，眼见她的目光投向对岸，而他无能为力。他没法比她老得更快一些，也不能更慢。

爱情需要经营。他想起不知哪里看来的话，茅塞顿开。他将要参加一场篮球比赛，比赛双方是来自两所大学的校友，他们租了一个室内场馆，显得很正式。青年知道自己在场上的表现很迷人，于是几次邀请姑娘去看，她总是表示说不准，但最后终于说准了，她会来。青年很高兴。他刚一得到她的确认，就马上邀请了另外一位姑娘。

他明白嫉妒的威力，能把人完全攫住，无法逃离。他计划在比赛时，把目光全部投向另一个姑娘，场下休息时的闲聊也都给她，水只喝她递来的。这样他真正的目标就会幡然醒悟，意识到他在她心里的位置已经超乎想象。

当两个姑娘坐在一起时，他稍感意外地发现二号姑娘更为漂亮。因为她们两人坐得太近，他只关注其中一个的计划无法达成。比赛结束，二号姑娘建议他们两人一起吃饭，他立即答应了。因为他的目标人物，在中场休息之前就已经匆匆离开。

他的晚餐其实很愉快，二号姑娘不仅漂亮，也很可爱。他们都听懂了对方的笑话，也都真心地笑了。青年没有感到郁郁寡欢，他的念头在这愉快的气氛里，越来越清晰。

如果他的嫉妒计划成功，如果他的目标，壹号姑娘饱受折磨，变成弱势的一方，来哀求他做出选择——他就能够允许自己放手，选择二号，去尝试一段新鲜的关系，接受解放。

可是因为计划失败——他的猎物不仅没有入网，甚至连危险都不曾察觉，他由此感到强烈的耻辱。现在是他，被失败攫住了，站到了无法逃离处。谁追求谁的问题一点儿也不重要了，他对她的欲望膨胀成巨大的石碑，全世界的姑娘也不能撼动。

现在回想起来，我们大概就是在那段时间确定了关系，从朋友成了男女朋友。我们在一起之后，她做了很多之前从没做过的事。我把她变成了另外一个人——这是她自己的话。

她总觉得很惊讶，总忍不住对我说，我对她的影响有多巨大。我首先承认这一点，然后我会坦白地告诉她：相比之下，她对我的影响就小得多。因为我了解自己，同时也足够了解他人（我说过我重视观察），我了解眼下和将来，我一直知道我要做什么。

对于你的存在，我也从来没忘记。我知道她对你有多崇拜，我同时也相信这种新鲜的魅力不会持续。她是个非常单纯的姑娘，被故弄玄虚的经验诱惑实在不足为奇。她仍然经常说到你，我完全放任她去说。我当然不去和她辩论，也不会多问关于你的消息。我只是听着，观察着，因为一切都在我的掌控范围内。

而从某一天开始，关于你的话题消失了，你的名字她开始闭口不提。这才是不正常的。你是她的老师，你和你列出的书单是她的研究对象，是她生活里每天出现的东西。而她开始在我们的对话里避开你，不再提了。我一下子明白这意味着什么：你们的关系变化了。

希望你能明白，我对你从没感到过嫉妒。我观察你，分析你，我得出客观的判断，但绝无嫉妒。有一点我要告诉你：我是彻底探索她身体的第一个男人，而她不是我的第一个。我绝不是在向你宣示主权，洋洋得意，不是。我只是替她感到遗憾，没能早一点进入我的生活。我也替你感到遗憾，你晚了太多了。

说回我对你的观察吧。除了外表，我知道你崇拜鲁迅、海明威、塞利纳和马尔克斯；你总在办公室听古典音乐，摆出沉浸其中的架势，让来找你的学生不知所措；你评上教授的时间不过几年，逢人就说自己不在乎什么头衔；你有一个女强人做派的太太，对于什么文学艺术她毫不关心，只是擅长挣钱。

看到自己的形象了吗？你总爱对自己的优势嗤之以鼻，并把它形容成一种痛苦，想要逃离——毫无疑问，这样的姿态让你在一些单纯的人眼里显得相当迷人。你一次次使用这个伎俩，因为它次次有效，姑娘们觉得这个成功男人竟有这一面，真是楚楚可怜。可是我要告诉你，这种自作聪明已经过时了，它的有效期会越来越短，效果也会越来越弱。它不过是一条更善于伪装自己的孔雀尾巴，是你自私人性的装饰品。如果你真的那么痛苦想要放弃，大可以放弃。有谁不允许你了呢？我实在要说一句，你的装腔作势令人恶心。

青年从纸上抬起脑袋，高高地坐起来。他太想抽烟了。因为不愿打断思路，他刚刚放弃了一次停站，没有下车去抽烟。现在又完成了一段，他实在需要一根烟，来填补这创作的空隙，来使他静下心来。

他们老吵架。他从没在她面前主动提过那个人的名字，那是他自己的禁忌。但他知道那个人一直在她身后，在他面前。当他们争吵，他是在和他们两个争吵。之后他们和好，他是在跟他们两个和好。他相当确定姑娘和教授存在着超越师生的关系，而这完全来源于他的观察，没有任何实际的证据。他感到自己一直和他们两个生活在一起，而这境况似乎永远无法打破。

他没有证据。就连在这信里，他也感到自己的指控朦胧而无力。他烦躁起来，担心自己在信里的表现不好，于是更加想抽烟。他决定去车门那儿看一看是否有机会，或者干脆就在那等到下一站。夹包的阿姨一动不动，还在睡觉。不管她了。他合上桌板站起身来，把腿抬得高高的，打算从她膝上跨过。

阿姨警觉地睁开眼，迅速向外侧过身去。他抬好的腿收不回，就势踢了她一脚。阿姨不满地一龇牙，发出响亮的一声。而他什么也没说，踏着大步走出去了。

车门处站着一个穿土黄色夹克的男人，耳朵上夹一支烟，烟嘴已经打湿了，蓄势待发的样子。青年顿时感到亲切，与他惺惺相惜。男人正在打电话，警惕地看他一阵子，随即转过身去，把脸几乎贴在车门上，朝着窗外。

青年只好也转过身，选择了另一扇车门贴上去。车程已经过半，窗外有了矮山、小块的田和凌乱的树。可是似乎并不值得精心打理，样样都不蓬勃，孤落落的。像是主人面对挑剔的旅客，两手一摊：谁有时间为你们造风景，我是要过日子的。

他虚着眼睛瞧了一会儿，发现所有景物都能够看清楚，突然感到失望：火车的速度并不像他记忆中的那么快。他想起从前乘坐火车的感受——还是个小男孩的时候，景色会在他眼里大片大片地掠过，使他一路惊心动魄，应接不暇；他站在车座上嘎嘎地笑，像观赏一场高潮不断的魔术。而现在，它的速度应该比从前快得多，却样样都看清楚了。他长大了而世界慢下来，太失望了。

青年从这头望回座位去，远着看那阿姨，倒像是小时候他姥姥。姥姥住乡下院子，早去世，他没见过她几次。六岁时候去一次，一进大门就被黄狗吼住，夜里心血来潮尿了床，羞愤不已。

一早晨姥姥换好褥子，叫太阳烘烘地烫着。他光着刚刚冲洗干净的屁股，拱着脑袋在床沿，想妈妈来又怕妈妈来。他已经不是四岁了，四岁的小孩尿床还是允许的，而他已经六岁。

姥姥把他搂过来，曲着脚坐在床边，拿手紧紧拢住另一只五个指头，只露出指头肚子，叫他猜哪个是哪个。

她的手又大又粗糙，关节健壮，掌心的沟壑又深又坚硬，可是指头个个都一样。他几乎一次也猜不对，就忘了淡黄色的羞耻，咯咯地乐，一错了就马上重整旗鼓，央求她永远玩儿下去——越是错心里越惊讶：这么简单的游戏！

"她买就让她买呗！她一个老太太！"男人打电话的声音闯进他耳朵。青年立即建立起画面：电话那头男人的太太，在向他抱怨婆婆。

"嗯，嗯，嗯嗯。"男人急促地嗯着，青年听出那不是同意，而是掐断。他不是在说"好"、"行"、"我愿意"，而是"别说了"、"别说了"、"别他妈再说了"。

通话仿佛是结束了。男人深吐一口气，取下耳后的烟衔进嘴里。穿制服的姑娘正从车厢那头蹬蹬蹬地来，男人一下变了面容，眼睛弯弯迎着她，烟换到手里擎给她看，笑出满口渍牙来："没抽、没抽。"

姑娘嫌弃地盯他一眼，又盯青年一眼，蹬蹬走过去。

青年为那男人脸红，不愿再与他为伍了。他立即决定放弃停站抽烟的机会，回到了夹包阿姨身边。

上个月她告诉我，她怀孕了。她找了个星期二的晚上跟我说，我现在能明白为什么，因为第二天她要上学我要上班，不能持续讨论。

她说她怀孕了紧接着就说她不想要。她把不想要的理由全都说成是为了我，我的事业刚起步，我们还从没考虑过结婚，我目前的阶段也不应该匆忙结婚，养孩子是件大事，我还年轻，不能就这样当了爸爸，糊里糊涂压上重担。

　　不是我的。我一下就明白了，这孩子肯定不是我的。像一道遥远的神谕，我清清楚楚看见你了，我在她眼里看见你的脸，在她的肚子里看见你，你的小小的心脏，你皱巴巴的轮廓，你的罪恶成就。你知道我怎么做的吗？我一下子紧紧抱住她，我说我太激动了，我说我不允许你胡思乱想，我说这个孩子我必须要，咱们必须要。我提出马上结婚。她一下就哭了，摇头。我知道她羞愧，抱歉，慌张害怕不知所措。她哭得气势虚弱，而我情绪高涨，不允许她插话。我不停表达我多么兴奋，我说我理解她现在的苦恼情绪完全是出于喜悦。你没看到她当时的眼睛，你从没看到过那样的眼睛，全世界的痛苦都在那眼睛里头。我太清楚了，她惹了麻烦了，她心里有天大的秘密，她挣扎着想说，但是很遗憾，她被我的一片好意堵住了嘴，被我的信任和爱堵住了。我一直抱着她，盯着她，演电视里那种被喜讯冲昏头脑的傻子，冲着她笑，寸步不离。我当然不傻，我知道当时的情势多关键，我不能给她独处的空间，不能给她卸下伪装、冷静思考的机会。我把她锁在我眼皮底下，之后几天都是如此。我必须让她承担这份煎熬，这是背叛的代价。我也不担心她会突然跟我说实话，告诉我谁才是父亲，完全没有。对于她的软弱，我有十足把握。我完全看透了，她和你一样，是弱者。你们弱者总假装彬彬有礼，总需要表现自己无权承担他人的命运。你们从来没尝试过努力拒绝背叛,却比谁都羞于和盘托出。你们实在太可笑了。

青年不能不回想起,他的自信并非无懈可击。那些天里,他花了太多精力用目光包围她,可一旦没了灯光进入黑夜,他就陷入恐惧。他的努力意想不到地成功了:他的姑娘接受了他的好意,决定留下孩子。

一听到这个决定,青年的心里首先爆发出愤怒,震惊不已,他在脑海中质问她怎能如此虚伪不堪,害人害己。随后便产生了疑问:这孩子也许的确就是他的。这不可能吗?孩子不属于那个龌龊的大学教授,不属于任何别人,就是他的。因为她爱他,她忠于他,从未背叛他,这难道不可能吗?

他两相矛盾,自己诘问自己,便发现陷入了无解的困境:他可能永远无法确定,自己是否是这孩子真正的父亲。他恐惧起来。一个婴儿即将出生,长大,叛逆成年离他而去直至死亡,而这每一天里他都不能确定,这个婴儿的来处,那个人,父亲。

至此他才猛然发现,最关键的一点:原来他的困境就是他的姑娘的困境——孩子的父亲是谁,她和他一样不知道啊。这就说得通了。她的痛苦和矛盾不是由于背叛、而是因为无知。她同意留下它,是因为她虽然不能确定,却寄希望于那 50% 的几率。她希望孩子是他的。她祈祷命运的优待,祈祷未来的答案与她的选择一致,祈祷明天的现实与此刻的现实一致,祈祷这新生的血脉与面前这个(唯一表示)愿做父亲的男人一致。

可如果不是呢?如果答案是另外的 50% 呢?青年回归了最初的愤怒:她选择生下孩子,就代表她默默接受了另一种可能——孩子是教授的，而她宁愿欺骗我一生！

他一下子忘了他曾经多么热情地劝慰她，多么严厉地用目光压迫她，他忘了他在这个决定中产生过多大的作用。他想象他的姑娘自由又狡猾，想象她如何绞尽脑汁地假装、权衡、欺骗，如何自私又残忍地决定了：由他来抚养一个并非由他授意的孩子。

窗外景物的移动开始慢下来。青年感觉到车身一抓一抓地收着，像大船落了锚，最终停住。

这是终点前的最后一站了，停车三分。三分，他盘算着，跑下去狠抽几口是够的。已经有人上车来，先上来的站定了撒开目光，找空座位。后面的不甘心，一个顶着一个，要挤过去。

现在起身出去就晚了，他想。通道又挤，也许一走下车门，车就开走了。他做过这样的噩梦，不止一次。

待他断然决定，不下车去，时间忽就慢下来。这一站新上来的只有六七个，先先后后都找到了位置坐。他再看站台，水泥面，空空的没有人，也不显得干净。零落有几只烟头，烟柄长长的。想必大家都慌忙。

里外都看尽了，车还停着。他恼火起来，心想又是这样，下次不知道该不该谨慎了。车还不动。他气愤地决定，再不管那么多了，以后想到什么都去做，不要保险！车身忽然一滑，闸拉起来跑了出去，几下把站台甩到了后头，像一个警告。青年收到了，心里一凛，像好好走在平地上无故一脚踏空。

所以我想要告诉你，我不会承担你犯的罪，我不会养大一个生下来就是你的孩子。我知道你也不会，你一定不曾为这个意外到来的生命困扰过一秒钟，你根本毫无担当，自私至极。其实我很能理解你，我能想象你的年轻时代有多悲惨。你一文不名，贫困平庸，没有一个姑娘愿意跟你上床。而在许多年之后，你认为自己功成名就，该为这去结案。你把自己年轻时代的不幸，归咎为所有的年轻都不幸。你意识到自己曾经的愚蠢，为了和它撇清关系，你只能四处宣扬：所有的年轻都愚蠢。你不再年轻，所以诋毁年轻。你没有希望，所以碾压别人的希望。你发现只有一个方法还能证明自己，就是去占领、去争夺年轻姑娘。可是你想过吗，等到她们的回应不再能安慰你，等到她们都不再回应你，你又靠什么浇灌自己呢？

认清现实吧教授，你到头儿了，你的酒喝完了。

他突然转变态度：孩子不要了，坚决不要。

姑娘起先没当真，以为这是他的玩笑。而他怒气冲冲地说明了，他没开玩笑，他比任何时候都严肃：如果这个孩子生下来，将成为他们一生的麻烦，而这一切都是她的错。

即便是这样的时刻，他仍然无法说出那个人，姑娘也一样。但他想她听懂了他的话，因为她从此一言未发。青年在心里比较着姑娘前后的态度——在说服他舍弃这孩子的时候，姑娘做了百分之百的努力，列举出许多理由；而在留下孩子的讨论里，她的努力是零。这说明什么？说明她再也没有借口了，她太心虚，说明她和他一样知道，留下一个未知父亲的孩子，的确是个错误。

她从此一言未发。

"你是作家呀？"

夹包阿姨突然大声问。这一声在车厢里显得太响了，像半夜的唢呐。青年被惊醒，懊恼地抬头瞪着她。

阿姨脸上竟有笑意。她没在乎他的反应，转而回过头去，和身旁不相干的人笑嘻嘻地通报着："这小伙儿，写一路。"

有人礼貌地点了点头，就迅速垂下眼睛。阿姨收回抻长的脖子，左右挪了挪屁股，两腿夹起行李颠两下，惬意地咕哝道："真行，大作家。"

青年感到前所未有的沮丧。车厢恢复宁静，而他听见无数细小的嘲笑声。他的喉咙干涩，咖啡的残浆把嘴唇粘在一起，舌头腌得发酸。他的脸越来越红，心想这不是他愿身处的世界。他觉得孤独。

他非常喜爱和她一起去见朋友。他们俩任何一方的朋友，都行。一走进别人的目光，她就比任何时候都更像个姑娘，而他更像个男人。

在聚会上，他们都清楚自己的责任：为对方增光。他的姑娘——真是无师自通——眼神和手指头从不离开他，时刻表现出对他的依赖和渴望，又为此流露出抱歉，仿佛她已经尽量克制了——令人想象他们独处时要有多疯狂。

而他的法则就是，把她当个婴儿。他为她开门，为她看路，一只手为她夹菜，另一只手也要牵着她。他们最为擅长的，是给朋友讲对方的傻事。事情件件都选得合适：独特，真实，细节丰富，暴露出当事人令人震惊的天真但绝不是愚蠢。他真爱看她讲述他小时候的故事，经她描绘过的记忆更美好，更柔和，离实际情况越来越遥远，却越来越真实。

他记得有一次聚会，她心不在焉。她努力用同样的语气神情去讲故事，可都是从前讲过的。他发现了听众目光里的不屑和涣散，她也发现了，草草收场。回家的路上她主动握着他的手，还提出去买点心吃，就像刚才的失败不算什么，她对这夜晚仍有信心，兴致浓郁。

可是他的失望比她感受到的大得多。他一直把她在聚会上的表现，暗暗视作爱情的表白。他在她对别人讲的话里，找她爱他的理由。而那个晚上她无话可讲。他认定她爱他的理由欠缺。

昨天我看见你了。你穿一条黑色的麻布裤子，又肥又大，完美地遮蔽了臃肿无力的腰臀和大腿。你不穿牛仔裤了。这当然不能怪你，你只是日渐衰老，疲惫娇气，想让自己舒服。我知道你的肌肉、骨骼和脏器越来越不听指挥，总在关键时刻跳出来反对你。你不再严格要求自己了，只希望能舒服点儿。五十二岁，你刚刚开始体会衰老，刚刚发现自己魅力不存，就举起双手，绝望地服从了。

昨天我二十七岁，昨天之前我二十六（看见了吗？你的一半）。我是特意去看你的，用你的老态为生日庆祝。我在我们小区花园里经常偶遇一位老头儿。他已经老得不行，口倚目浊，卑躬屈膝。他的手如同变形的棘爪，厉冬里的枯枝。我每见他就心生快慰，想到不出几年你也是这番模样。我可能早晚也是，但总归比你晚上几十年。你先于我作恶，合该先于我获罪。请你记住：这就是公平。

列车广播响起："前方到站，终点站……"他突然哭起来。像被人揍过一拳，猛一鼻酸，两大颗眼泪应声涌出，毫无预兆。

他的姑娘走了，几天之前。衣服用品带走了大约一半，剩下的一半是残旧的备用品，代表不了回来的希望。

他去学校里找，她没搬回宿舍去住，也没出现在课堂上。她单方面切断了他，这样的结局他从没设想过。他不接受。

她没资格营造结局——没有道歉，没有投降，没有委曲求全和泪水涟涟，连谎也不说了，一走了之。而更重要的是，她夺走了他的难题。他们两个之间或他们三个，是他所有的苦恼和乐趣。他们是他生活的唯一对手，和所有力量的源头。

他是为她而来的，这一趟。她就该在前方那城市里，在她父母家。他做好了一切准备，愿意什么都答应，除了为她留下。他必须把她带回去，让生活如常，痛苦继续。

考虑到你生活的时代，我使用了手写信的形式。如果需要回信，请不要邮寄信封上的地址。最好是电子邮件，我的邮箱是……

最后，"ps："，青年写下这两个字母，心跳突然加快，擂起鼓来，在胸腔里隆隆作响。他写下"我"，又停下笔，思忖几番，在脑袋里抹去"上"字，最终写道：我操过她后面。

这一句写完，青年迅速将纸扯下折好，收进包里。他不愿意重读了，他要马上结束。他想象教授捧着这封信，想象他颤抖的双手，剧烈跳动的心脏，无法支撑的躯干。他想他应该瘫坐下去，或倒地不起。中风，他想到这个词，想到抽搐的枯爪和不停流涎的嘴角，心满意足。这是他一生中最为幸福的时刻。复仇之梦全按他的意愿，在纸上完成。

他的姑娘并不在这城市里。他的信在十几天后被年轻的助教拆开，匆匆一瞥就堆进了废弃文件箱。可现在他的车刚刚到站，谁也不能阻挡。他决心以此处为起点，开始更加主动的一生。而之后的全部岁月里，他的心意，再未能如他此刻设想的那般充分而确切地，被倾听过。

十年

Passing by

一

王麦推着箱子，远远地落在下车的人流后面，最后一个出现在站台上。

出站的人群一个个挤上扶梯，扶梯口还存着几十个人，像硕大的肿瘤。

王麦没有挤进人群里，她远远地站着，从包里掏出一把梳子，开始梳头。

站台上扫地的清洁工扫到她跟前：行啦，赶紧出站。

王麦赶紧躲开。

王麦走上扶梯，下楼，走进地下通道，再上坡。前方的人群越走越快，越走越散开。人越来越少，越来越小。最后只剩她一个。

王麦走到出站口，把手里的票递给检票员。检票员没看，一挥手：走。王麦悄悄不满地把票揣起来。

王麦走出检票口，向外望着，越走越快，边走边咧嘴，最后嘿嘿笑出来，扑在等在外面的陈年身上。

王麦搂着陈年，摇晃着，边笑边说：你看我聪不聪明！我一眼就看见你了！

陈年无奈地笑着，把王麦胳膊拿下来，去捞她的行李箱：废话，你走那么慢，全车人都走光了，外头就剩我了，你再不一眼就看见我……

王麦眼睛一睁，嘴巴蛮起来：怎么着？

陈年一慎，笑：什么怎么着。

王麦：我再不一眼就看见你，就怎么着？

陈年：不怎么着啊，你要看不见我……我能看见你啊！我一眼就看见你了！

王麦眨巴着眼睛，还想挑毛病。

陈年赶紧又认真地：因为什么你知道吗？因为就你好看。

王麦：除了好看呢？

陈年：还聪明。

王麦．除了聪明呢？

陈年抱着王麦脑袋，在额头上亲一口：咱先回家，不在这儿说，啊。

王麦倔倔地跟着走：家在哪儿呐？哪有家呀？

陈年哄着：马上就有，你来了就有了，啊。

两人在前面走着，陈年掏出一包零食，问王麦：吃不吃？

王麦扭头：不吃。

陈年：不吃拉倒，不吃我自己吃，哎呀真好吃，真香，miamiamia。

王麦笑，拍打陈年。笑声里听见"给我一个"。

两人渐渐离开，身后是依旧热闹的北京站。

"啪"一声响，黑屋里亮起晕暗的黄光。

"九百五。"

西装革履的中介小伙儿松开灯绳儿，回头瞟陈年王麦：一千以下的，一居室，就这一个。这一带再没有了。

王麦惊讶又紧张地看着这个上世纪的破旧房间：这房子，多大呀？

十九平。中介笃定地说。住着比看着大。

没窗户？陈年在墙边转过身，他们仨已经把房间挤满了。

中介：卫生间有。

王麦侧身一步，打开卫生间的门，一米宽的墙顶，嵌着一扇小小的通风窗。

王麦为难地看着陈年：这跟监狱似的。

监狱？中介撇嘴：这房子你要买的话，一平米两万五，完税下来五十多万，见过这么贵的监狱吗？

王麦吸了口气，看房子两眼，又看陈年：不行吧？

陈年咬了咬牙：不行。

中介转身就往外走：不行就没有了。要不你们就提高预算。这是正经的学区房，成熟小区，配套好。要在这片儿住，一千以下肯定没房。

陈年：我们再看看吧。

中介突然停住，回头：你们俩现在住哪儿呢？

王麦没心没肺：我们俩现在住酒店呢。

中介：嗨！

一拉灯绳儿，又黑下来。

王麦拉着陈年进了门，已经是一屋子热闹，做菜的，玩儿猫的，聊天的，打牌的，厨房漫出的油烟和几个男生吐出的烟绕在一起。

陈年先奔了厨房，往里探：谁做饭呢？

桔子颠着铲子，没回头：你要帮忙儿啊？

陈年撂下手里几个袋子：我来个小炒牛肉。

桔子：你等我这个完事儿……哎干什么？

陈年已经把桔子挤到一旁：来你靠边儿，你这弄的什么呀，你歇着去吧。

桔子甩了甩手，吞着气出去了。

主要是，你得找工作啊。桔子对着王麦，切切地：陈年他毕竟是读研，科里一个月能给一两千就不错了，这点儿钱他自己行，你要不来，他吃食堂住宿舍，还能剩呢。这你一来……房子找了吗？

王麦正要开口，陈年从厨房伸出个脑袋：淀粉？

桔子朝徐天一抬下巴：你去。

徐天抬屁股进了厨房，嘟囔：我也不知道在哪儿啊……

桔子喊：头顶！

桔子接着问王麦：你想找什么工作？

厨房里一阵翻腾声，王麦犹犹疑疑地：我其实都行，简历我投了不少了，七八家了……

桔子一瞪眼睛：七八家那叫不少啦？怎么也得上百！你费什么劲吗？一样的简历，就点点鼠标呗。

王麦：那公司和公司不一样，岗位和岗位也不一样，简历也不能都投一样的啊，都得改一改，得有针对性……

桔子：幼稚。你一个应届毕业生，没人细看你简历。你有工作经验吗？你有创业经历吗？人家就看一条儿：毕业院校。连专业都不重要。你呀你就是想太多。

王麦闷头吃开心果。

桔子：七八家，都投的什么单位呀？

王麦：我没挑单位，就冲岗位投的，我就想找个文职。

桔子一甩手：我看你这985、211是白上了。

徐天端起酒杯：我们学院这一届，在北京，就我们几个吧？

桔子：还有于宁宁，刚下课，路上呢。

徐天：嗯嗯，加她，就我们九个人了。来吧，同舟共济，自强不息，啊！

众人笑哄起来：你一个复旦的学生，念人同济的口号干什么！

桔子拿胳膊肘怼他：猪啊你。

陈年招呼着：尝我炒的牛肉，特别嫩。

桔子皱眉：放这些油。

陈年得意地：王麦爱吃。

王麦马上夹一筷子，笑嘻嘻：我爱吃。

桔子哼一声：你当他以后有时间给你做啊？今天屋里这几位，以后就算卖给医院了。还做饭？人都见不着。

一个女生问：王麦你会做饭吗？

王麦自豪地：我不会。

女生安慰她：不会没事儿，做饭简单，一学就会。

王麦惊恐无助地望陈年，陈年伸手抚她后背：没事儿没事儿，咱们不学，啊！咱们是干大事儿的人，哪有时间做饭！

王麦甜甜笑了。桔子捂着脸叹气。

王麦站在楼道里，手机紧紧地压在耳朵上。

电话那头王麦她妈，愤愤地：可真行！真是儿大不由娘！到了一个多礼拜，电话也不打一个。还得我给你打，我是你妈！

王麦：哎呀妈，这不是事儿多嘛。

王甜：你能有什么事儿？你眼里就一个陈年，这回一去，俩人可好了，也不归学校管了，就天天腻腻歪歪吧！

王麦：学校本来也不管啊！

王甜：你们俩现在在一块儿呢吧？你把电话给陈年，我跟他说话。

王麦：我们俩现在在同学家呐。正吃饭呢，我都躲出来了。

妈你可别难为我了。

王甜：我是难为你吗？我是为你好。你这些年离开家上学，谈恋爱，我管你了吗？现在毕业了，不留上海，非要去北京，你是为了自己发展吗？你不是跟着陈年去的吗？这是咱们为了他，做出的牺牲你知不知道？他就得负责任！是，他现在还年轻，没能力，那他家里就得把这个责任负起来！他不懂道理，他父母也不懂道理吗？你倒好，这些大事儿一点不在乎，人家一叫你去，撒腿就跟着去了！你是个女孩儿，怎么就这么不拿自己当回事儿呢！

王麦不说话。

王甜：我告诉你，绝对不能跟他住一块儿，听见没有？你们俩现在要是住到一起了，那就算同居。人家爸妈一看，你们家闺女乐意呀，更撒手不管了！听见没有？

王麦：那我不跟陈年住，我住哪儿？

王甜：跟同学一块儿住，女同学。

王麦生硬地：没有。

王甜：那今天是跟谁家吃饭呢？不能挤一挤吗？

王麦：人家是一对儿，自己买的房子，都快结婚了。

王甜：你看！人家也是快结婚了才住一块儿，而且房子都买了。就你傻，还不着急。陈年他父母为什么不表态？就是看你不值！

王麦：哎呀行了妈，陈年对我够好的了，你可别再搅和了。

王甜：他现在对你好——你们俩一天不结婚，他转身儿就能对别人好！你知不知道！

王麦：不可能。

王甜：我就告诉你一件事儿，你们俩绝对不能住一块儿，听见没有？

王麦：那我一个人没法儿住。

王甜：那就回家！

电梯门开，于宁宁顺着楼道走近了，看见门口站着的王麦，甜甜一笑。

王麦对着电话：妈我同学来了先不说了啊。

就挂了电话。

王麦：刚下课呀？

于宁宁：排戏来着。

王麦领着她：来，这门儿。

于宁宁在王麦前头进门，陈年一见于宁宁，蹭地站了起来，桔子警觉地看他一眼。

徐天识眼色，赶紧也跟着陈年站起来：总算来了，来我给你加个凳子。

陈年才看见后面的王麦，把她牵到身边来：打完啦？

王麦吐了口气：啊。

于宁宁没坐下，包里拿出一沓票给大家：我们新排的戏，下礼拜演，有时间来看。

众人细看着票，赞叹着：嗬，著名话剧演员了。

于宁宁谦虚地：小剧场。

陈年：就是小剧场才火呢。

桔子逮着他：你看话剧啊？

陈年：我不看话剧，我看新闻啊。

徐天胳膊肘怼桔子，桔子白他一眼，站起来，朝于宁宁一笑：我给你盛饭啊。

于宁宁摆手：我不吃米饭，有菜就行。

伸手拿出一瓶红酒：咱们喝这个吧，别人送导演的，导演听说我们今天同学聚，就给我了。

徐天接过酒来，转着瓶子看：哟这酒好。

抬头问桔子：咱家没有开瓶器吧？

桔子一屁股坐下：没有。

于宁宁又笑着：就怕没有，我路上买了一个。

陈年：心真细。

徐天拿过开瓶器，跃跃欲试地：我开。

桔子厌恶地一推他：你上厨房开去，别崩着我。

于宁宁吃着，一惊似的：这牛肉谁做的，真好吃。

一个男生指着陈年：陈年做的。

于宁宁对着陈年笑：好吃。

陈年顿住，似乎一时无措，伸手夹了一筷子给王麦：你也吃。

王麦心里一凉，手撤下桌子，往后一靠：我吃饱了。

徐天握着酒从厨房出来：来拿杯拿杯。

陈年迅速把自己杯里啤酒一饮而尽，空杯迎上去。

王麦瞪着眼睛望着他，他没有回头看。

酒过几巡，桌上气氛荡了起来，忽然一下喧闹，忽然一下沉静。

我必须留院。陈年说。我们科主任不错,基本天天都上手术,也带我。

徐天抽着烟:我看你几个师兄对你也不错。

是。陈年点上一根烟:周末,打球儿,钓鱼,都叫上我,还让我带着王麦。

徐天:主要你业务技能也不差,科里看好你呢。

陈年吸一口烟,摇头:不行,还是经验少,所以手术我台台跟着,晚上多晚我都上,越没人我越有机会动手。

桔子笑着对王麦:这就是说给你听呢,以后就见不着人了。

于宁宁光听不说话,也点上一根烟。

一个男生看着她:宁宁算是脱离苦海了,学表演,不用受我们这些罪了。

徐天:医学院,年年都有转行儿的,宁宁这行转得算是最不搭界的了吧。

男生晃着脑袋:脱了白大褂,搞表演,真好,我怎么没想到呢。

陈年笑:表演也不是什么人都能演的呀——你是想去,人家要你吗?

大伙儿笑起来。王麦从陈年烟盒里拿烟,陈年按她手:你别抽。

王麦一使劲儿:我抽一根儿怎么啦?

这会儿王麦电话响,陈年趁机把烟抢下来:赶紧接,还是你妈。

王麦看一眼电话,走到一边儿。

电话打完回来,于宁宁在讲她的戏:重要的也不是台词,重要的是人物关系。演员台词越好，有时候反倒越坏事儿。你一个人出彩，实际就等于出戏。一到你的词就来劲，撒出去太远，你自己回不来，别人也接不住，戏就散了。

陈年点头：对，对。有道理。

于宁宁深吸一口气，笃定地：这是我们导演的意见，但我完全同意。

王麦从身后，把手搭在陈年肩膀上：咱们走吧。

陈年：怎么啦？没完事儿呐。

大伙儿都看王麦。

王麦坐下：刚才一个房东打电话，说今天可以看房，约的九点钟以后，这都八点半了。

陈年一摆手：明天再看呗，今天太晚了，再说我们这还没聊完呢，也不能他说几点就几点啊。

王麦吃气：人家是房东，当然是人说几点就几点。

桔子关心地：哪儿找的房东？

王麦：网上找的，一个帖子。

陈年：你再给他发个短信，说今天不行，改天再看。

王麦：我想今天看。

陈年不说话。

王麦站起来：你不去我自己去了。

陈年不动。

桔子赶快：不安全吧？

陈年还不动。

王麦两步到门口，穿上鞋出了门。

桔子起身拉陈年：你赶紧，走吧。

陈年站起来，被桔子推着往外走，回身对大家：不好意思啊。唯独没看于宁宁。

王麦在天桥上大步走着，眼神压低，从腰底下偷偷朝后瞟。

陈年在后头大步跟着，不上前。

王麦突然停下，转身回来：你不是不去吗？

陈年别着脑袋：你不是自己去吗？

王麦：那你跟着我干嘛？

陈年：谁跟着你了，我回科里值班儿！

王麦：这会儿想起来科里值班了，刚才不还恋恋不舍呢嘛，"没聊完呢"，你回去接着聊啊！

陈年：你怎么又这样儿！同学好不容易聚一次，你说急就急了。这不是一次两次了。王麦我们俩同年的，你说实话，我还不够让着你吗？

王麦讥笑地："好不容易聚一次"，总算说出心里话了。

陈年咬牙切齿地：无理取闹。

陈年说完，转身就往回走。

王麦没反应过来，愣在那儿，看着陈年走。

陈年走了两步转身掉回来：王麦你想想，我们俩在一块儿这几年，我事事照顾你，帮你解决。回过头来，你体谅过我吗？你心疼过我吗？我每天在医院加班加点儿，那么紧张，但每次你有事儿，只要你一叫我，我放下东西就跑出来了！你现在没工作，整天闲着，看房你不能自己去看吗？你想过为我承担一次吗！

陈年声音越来越大，来往人脚步不停，只是厌恶地向两人投来目光。

王麦气得发颤，说不出话，转身快步走了。陈年也随即走了，从另一头下了桥。

"进来吧。"

王麦轻轻敲了敲门，听见屋里人说，一转门把手，进了房间。

空间很大，没有分区，干净，家具只有寥寥几件，多数东西都在地上，视线是低矮的：地毯，巨大的当床用的沙发，小木儿，箱子，书，零食，水杯，都在地上。一个瘦瘦的年轻男孩儿，也在地上。

男孩儿站起来：你好，看房的吧？

王麦点头。

男孩儿不动：那你看吧。房间就这么大，卫生间和浴室公用的，在走廊那头儿。你是自己住吗？

王麦想起刚才的陈年，没回答：这房子，是你的吗？

男孩儿：不是，我租的，租约现在没到期，你要是租的话，我就算你二房东。

王麦没说话。

男孩儿加一句：但租金是一样的，八百五一个月，我给你看合同。

王麦有点儿不好意思：不用不用。那你为什么不住了？

男孩儿：我要去西藏了。

王麦：是去支教吗？

男孩儿：不是，去那儿……也不是旅行，就算是去生活吧，去多久还没想好。

王麦：噢。你之前去过吗？

男孩儿：没有，一直想去。西藏很美，那儿的人也很美，心灵纯净。

王麦不理解，但是点头：那你什么时候走？

男孩儿：我还没定呢，但是随时，你想什么时候搬进来，我就随时搬走，按天给你算钱。

王麦：好。那我回去跟同学商量商量——我觉得挺好的。

王麦笑了一下儿。

男孩儿：你是学跳舞的吗？

王麦：不是啊。我是学医的。

男孩儿：那你看着像跳舞的，你身材，好看。

王麦不好意思，低头了。

男孩儿：你刚来北京吧？

王麦点头：嗯，十来天。

男孩儿：这附近你熟吗？

王麦：不熟……我还哪儿都不认识呢，出门儿包里都装着地图。

男孩儿：那我带你在小区附近转一圈儿吧，以后你住这儿的话，去哪儿吃饭、买东西、坐公交车什么的，都得知道。

王麦感激地：那太好了，谢谢你。

小区真大，路却是越走越荒了，路灯没有了，空旷地现出一条铁路。王麦的心咚咚跳起来。她话越来越多，身边的男孩儿却很久不说话了。可是王麦不敢闭嘴，她一边说话一边听着附近的声响：空无一人。最后终于，王麦没有废话可讲了。在和陈年大吵一架的夜里，在一条黑暗的铁道旁，她独自在一个陌生男孩身边，脑中塞满了恐惧和凶念，她实在没话可讲了。

　　手被一只粘腻的手拉住了。王麦不敢挣脱，也不敢承认，就假装无知无觉，继续向前走。这样一来，倒像是情侣散步。那只手忽然用了力，把王麦拉停住，又来另一只手，把王麦转过身。王麦在黑里和他面对面，鼻腔里冲进一股汗热。

　　我不去西藏了。男孩儿说。

　　为什么？王麦假装惊讶，努力让声音不发抖。

　　我留下来，跟你在一块儿。男孩儿说。

　　我想去西藏，也是因为北京没有什么值得我留下来。男孩儿说。

　　但现在我觉得你需要我留下。男孩儿说。

　　王麦不敢吭声。

　　你可以搬进来，我们一起住在这儿。男孩儿说。

　　你不用给我钱。他说。

　　王麦忽然在男孩身后看见了远处的路灯光，她向前踏出一步，男孩儿却一下把她抱在怀里。

　　再远的灯光也给了王麦勇气，她嘴里糊里糊涂说着话，身体推搡着男孩儿朝大路走。男孩儿紧贴着她，王麦不敢走得太快，更不敢跑，又怕他用强，所以倒是王麦两手紧紧攥着男孩儿，像是她一边要走，一边舍不得走。

离大路还有十几米远的时候，王麦远远看见一辆出租车。她扔开男孩儿的手，不管不顾地跑起来，一边挥着手。

车停在她眼前。王麦一下子涌出眼泪。她没听见男孩在身后喊着什么，跳上车狠狠关上门。这一刻起她已经把那男孩忘在脑后了，她全心全意地恨陈年。

王麦坐在床边，大放悲声。二十几年的委屈全都借机涌出来。

陈年坐在地上，伏在她膝头，一遍又一遍地：我错了，全怨我，别哭了。

王麦呜呜地：我妈说得对，你就是不成熟，不愿意负责。

陈年低着头：嗯，嗯。

王麦：我跑这么远，就是为你！你连看房子呜呜呜都不愿意去，根本不怕我出事儿！呜呜呜呜呜。

陈年：我错了，我错了。

王麦：就说得好听，马上就有家了，呜呜呜呜呜，有个屁家！

陈年低头。

王麦：你说话呀！家在哪儿呢！

陈年点头：嗯，嗯。

王麦收住眼泪，惊讶地望着陈年：你是不是觉得今天这事儿不严重啊？

陈年：严重，严重，我担心死了！你一打电话，光哭，也不说话，我马上就从徐天他们家跑出来了，你看我这鞋都没穿好……

王麦震惊地：你又回去了？你！……

又大哭起来。

陈年激动地站起来，马上又蹲下，态度温和地：你看你还是哭，我到现在都不知道发生什么事儿了。人家到底怎么你了，你告诉我啊。

王麦难以置信地看着陈年，一抽一抽地：我，我说不出来！

陈年一拍腿，起身点了一根烟，大口抽着，坐在王麦旁边，还翘起二郎腿。

王麦顿时不哭了，瞪着陈年：你干什么？

陈年不看她：我不干什么，听你哭！

王麦腾地起身下床，抓起堆在房间四处的衣服、电脑、化妆品，往包里扔。

陈年去抓她胳膊：你干什么！

王麦使劲儿挣：回家！

陈年死死箍着王麦两肩膀，把她狠狠按坐在床上，一松手，王麦又蹦起来，陈年又按下去，不松手。王麦拔不动，脸都憋红了，一口气泄出来，又是止不住地哭。

陈年：你别闹了行吗！咱们不折腾了行吗！我天天我，累死了！王麦，你看着我，你看着我。

陈年扳她脸，王麦还是别过去不看。

陈年：只要你不闹了，我保证跟你结婚，行吗！

王麦不哭了，大睁着眼睛，缓缓看向陈年：你保证，跟我，结婚？

陈年点头：我保证。我现在跟你签合同都行。

王麦恨恨地：你觉着我是赖着你，想跟你结婚？

陈年不说话。

王麦冷冷地：你想错了，我不想跟你结婚！

陈年讥讽地：不想跟我结婚你干嘛呢？你看看你自己，你干嘛呢？

王麦抄起床上的电脑，狠狠砸向一面墙：陈年……我去你妈的！

陈年指挥着搬家师傅：往左靠点儿，别蹭着墙，好，好，就放这儿吧。

王麦站在屋里地当间儿，谨慎地看着。

一头书架顺着门往里走，陈年在书架后头，看不见，紧张地喊着：小麦你离远点儿，往边儿上靠。

王麦站在墙角，不答话。

师傅从电梯上来，几个大箱子往过道儿一撂：没了。九件儿，你点点数儿。

陈年数着：对，对。师傅您再给往里搬搬吧，这我们自己拿不动。

师傅：您这个，开了箱子自己收拾吧，我们也不知道您往哪儿放是不是。

王麦从屋里走出来，陈年无奈地笑着，点点头：那行吧，我给您结钱。

王麦开口：我这儿有。

陈年朝她摆手：不用你，你进去收拾吧。

陈年边说边给钱。王麦在门口看着，一闭眼，回屋了。

陈年送走师傅，轻轻走进来，看了一会儿。王麦坐在床板上，不抬头。

陈年：拆箱子吗？

王麦：你走吧。

陈年顿了顿，笑了一下：那我走了啊。

王麦：再见。

陈年：那，你要是需要人帮你收拾，再给我打电话。

王麦抬起头：陈年你知道吗？

陈年张着嘴：啊。

王麦：我这辈子，再也不想看见你了。

陈年点头，转身出去，关上了门。

王麦呆坐了一会儿，懒懒地起来，试图拆箱。胶条粘得太密，没有剪刀，一只箱子也拆不开。王麦折腾半天，裹了一手黑，颓坐在床上。

过会儿听见门上咚咚两声响，王麦厌恶地一皱眉，慢吞吞去开门。

门口没人，地上躺着一把裁纸刀。

二

舞台中央，一束光打在她头上，于宁宁一束白裙，抬起头，悲伤又坚定地：

> 所以不是你走，是我走
> 不是死亡，是自由
> 眼泪不是痛苦，是清晨第一声啼哭
> 不是黑夜逝去，
> 是明天来临。

一滴泪从她的内眼角流下来。

舞台暗掉。观众鼓起掌来。

观众席前排，王麦面无表情地缓缓拍着手，徐天隔着桔子凑上来，不解地：那那男的最后是死了吗？还是没死？

桔子拿手一推他：你别压我。

桔子痛苦地扶着椅背站起来，肚皮明显地鼓着：我这腰啊。

徐天赶紧扶，顺着这一排往外走。台上正在谢幕，其他观众都没动，一浪一浪地叫好。桔子不管，夸张地挺着肚子往外挤，回头招呼王麦：走哇。

王麦应一声，站起来，眼睛还看着台上。一个男人跑上台去给于宁宁献花，并抱住她亲了一下。王麦不动，盯着看。男人转身下台，不是陈年。

王麦转过身，跟着桔子往外走。

剧场门口，王麦电话响，是于宁宁，气还没喘匀，一惊一乍的：

你走了呀？先别走，你来后台找我一下，我给你介绍个人。

王麦看桔子：宁宁，让我先别走——那你们……

桔子摆手：我可得回家了。你帮我告她一声儿，以后什么票也别给我。看不了戏，腰疼。

王麦扑哧一笑，转身逆着人流回剧场，上两步楼梯转身又跑下来，到桔子面前：今儿这票，她没给陈年啊？

指的是于宁宁。

桔子咽了口水：啊，我让她别给，我想你不是来嘛……

王麦大气地笑着，拍桔子胳膊：哎呀，早没事儿了，都快半年了，早过去了。

桔子不以为然：可别。你要想见他，你们俩单约。我现在可没劲儿对付你们。

说完摸着肚子走了。

徐天挽着桔子走，回头朝王麦喊一句：陈年好像要出国！

王麦追了一句：啊？

徐天脚步没停："听说"啊！

就走远了。

王麦在海报边儿上的人堆里找到了于宁宁，不知道怎么贺演员，勉为其难道了声"恭喜"。

于宁宁并不介意，扯着王麦的袖子穿人群，又柔又疾地往后台飘，一路飘进一间小小的休息室里。

周！于宁宁朝沙发上的男人叫了一声，拉着王麦走过去。

周，这是我大学同学王麦，上回的台词是她改的。

又回头告诉王麦：这是我们导演，周游。

　　陈年捏着一摞纸，焦虑地坐在院长办公室门外的沙发上。一会儿哗啦啦地翻看着，一会儿掏出手机无目的地刷两下。

　　办公室门开，刘水从里面走出来，看见陈年，警觉地问：你找谁？

　　陈年站起身：我找一下何院长。

　　刘水：什么事儿？

　　陈年哑了一下，把手里的纸往前送了送：我这儿，有个论文，我……

　　刘水不屑地笑了：你哪个科的啊？找院长交论文？

　　陈年：我是心外的，院长在吧？

　　刘水：院长马上有会要走了，不走也不可能看你论文。你回科给你们主任看去。

　　刘水说着就往外走，手上就势把陈年往外送。

　　陈年：不是，我是08级的，我是院长研究生。

　　刘水停下：你叫什么啊？

　　陈年：陈年。

　　刘水笑了：噢你是陈年啊，我知道，听你们于主任提过，还有你师兄。

　　陈年赶紧问：您是院长秘书吗？

　　刘水白他一眼：我是07级的。

　　陈年小心地：噢，师姐。

　　刘水抿了抿嘴：就算你是新生，也够没规矩的，哪有直接往院长办公室送论文的？不会发邮件啊？

陈年为难地：邮件发了好几遍了，院长没回我，也不知道他看没看……

刘水：你知道院长除了你，带多少个研究生，多少个博士？整个儿医院上上下下多少员工，多少科室？再加上科研任务，还有分院……

陈年：我知道我知道，但是我也得出论文、得毕业啊。

刘水：你才研一你着什么急？

陈年闭嘴不吭声了。

刘水一伸手：我给你看看吧。

陈年面孔一松，递上论文：谢谢师姐。

刘水带着他往外走：你别管我叫姐，我没你大。

陈年紧跟着走：是吗？你多大啊？

刘水：你不是 85 的吗。

陈年：啊。

刘水抿着嘴：我 86 的。

陈年很惊讶，计算着：那你今年才……二十二，就上研二啦？

刘水没表情：我不爱浪费时间。

刘水接着说：浪费时间可耻。

陈年看着她的侧脸，认同地：我也是。

刘水回头看陈年，陈年仍然看着她。

陈年认真地说：我也不爱浪费时间。

半开着灯的剧场里，演员着便装在台上排练。周游坐在台下，一口一口喝茶。

王麦从侧门儿悄悄进来，朝周游的方向走过来，走到近处想想，又不再走了，拣了个远的位置坐下。

周游抬眼瞧见她，卷着手指头叫她过去。

王麦轻手轻脚过去，坐在他旁边。

歇会儿！周游朝台上喊。

又跟王麦说：你发的那个，我看了。你写不了剧本儿。

王麦红了脸：噢。

周游：是那天咱们聊完，回家现写的吧？

王麦嗫着嘴点头：嗯。

周游摇头：一看就没受过专业训练，结构太散，冲突太刻意，整个儿看下来也不像是剧本儿，就是个小故事。

王麦不说话。

周游：你要是有心当编剧，就多看戏、读剧本，先学学结构。

王麦：嗯。

周游觉得可能有点儿说狠了，问王麦：你看我们这个戏，觉得有什么毛病吗？

王麦：挺好，挺洋的。

周游一乐：挺洋的什么意思？是好话吗？

王麦低头笑了，不说话。

周游：噢，所以你就把人台词儿改了，看不顺眼。

王麦辩解：不是我要改的。宁宁来找我顺台词儿，说她念着别扭。

周游：这戏台词没多大修改空间，原著就是这个词儿。

王麦：那原著演员是外国人啊。

周游看着她：那依你的意思呢？

王麦紧张起来：我也不知道啊……我也没说非要改，是你问我有什么毛病。

周游一摊手：你看，你光提出问题，不解决问题。你这样不光当不了编剧，也当不了导演。

王麦：我也没想当导演啊！

周游：那你是干什么的呀？作家？

王麦：我不是作家。

周游：自己写东西吗？

王麦气鼓鼓地：有时候写。

周游：写的什么？小说？

王麦倔倔地：算不了小说。就是小故事。

周游大笑着，站起来：行啦，这么着——回头我发几个好剧本儿给你看看，学习学习，你把你写的小故事也发给我，我也学习学习，好不好？

王麦点头：好。

周游起身奔台上去了。王麦在后头，红着脸：谢谢周老师。

周游朝她一挥手：去吧。

二〇〇九年，春节。

还是徐天家，客厅里几个同学围着茶几，神色疲惫地聊着天儿。互相打听着：你排的初几的班儿？

桔子腰身高耸，利索地在厨房忙活着，瞧了一眼搁在一旁的手机，回头喊：徐天！

徐天一溜小跑进来：怎么啦？

桔子头也不回：你再问问陈年过不过来吧，王麦说她赶剧本儿，不来了。

徐天眨眨眼睛：陈年说他医院值班儿，来不了，没说是因为王麦。

桔子：让你问你就问问。大过年的，哪儿那么巧全赶今天值班儿。

徐天出了厨房，过会儿在客厅大声说：陈年说和王麦没关系！他真值班儿！

陈年放下手机，往后一仰，躺在值班室的下铺小床上。门忽然开了，师兄惊诧地：还没走？陪我值班儿啊？

陈年应着：啊，我也没事儿。

师兄：没事儿回去过年去。

陈年：回宿舍也就剩我了，人都回家了。我就在科里吧，晚上食堂还有饭。

师兄：别啊，大过年的，再说，你睡这儿我睡哪儿？

陈年站起来一瞧，上铺堆满了箱子。

陈年：主任那屋儿呢？

师兄：过年锁上了。走吧你，好好睡一觉，明天下午早点儿来。

陈年为难，往外走。

师兄伸手扫了两下床，回头嘱了一声：家属送那果篮儿你拿走吧!

陈年拎着一只果篮子,出电梯,窗外一串儿烟花哗啦啦地开了,楼道里忽地一亮。

陈年走到窗前,点了根烟,楼道又暗下来。

电梯又一开,王麦走了出来,看见陈年,一下站住。陈年听动静,一回头。

这一眼长了,灯亮了又灭了。陈年在黑里一跺脚,咳了两声,说出一句:我回去了。

陈年说着,往电梯门口走。

王麦一愣,朝后退了两步,也赶快:你不用,我走。

王麦回身按电梯,门瞬间打开,她一步走进去。

陈年在外头按着电梯:我没事儿,你去吧,去跟他们吃饭吧。

王麦低着眼睛:不用不用,你去吧,我不饿。

陈年急起来:主要是过年嘛,你快去吧,我回医院,食堂有饭。

王麦抬起头来,看着陈年的脸,短暂地一笑:新年快乐。

陈年也一笑:新年快乐。

他手一松,电梯门开始合,两人都一跳,伸手拦住门。

陈年回头,看了看走廊尽头徐天的家门:要不……

王麦撤后两步,往里站了站。

陈年进了电梯。

王麦低头看陈年手里:这是你买的呀?

陈年不好意思地:科里的,家属送的。

王麦不再说话。

出了楼门，两人都清醒了一点儿。陈年迟疑着：那，你要是回家，我就送你。你要是没吃饭……

王麦斩钉截铁地：我没吃饭。

出租车停在两人身边，一上车，陈年还没开口，师傅中气十足地：薅阿又！

俩人没听清，互相看。师傅乐呵呵儿地又来一遍：薅阿又！

哎呀。陈年明白过来，突然乐了，给王麦分享：how are you。

王麦也乐了。

师傅摇头晃脑地：上哪儿啊？拜年去啊？

陈年说了医院的地址，他知道附近有家餐馆儿不休息。

王麦抻着头：师傅您英语跟谁学的呀？

师傅：嗨！我学它干嘛，奥运那会儿培训的嘛，欢迎外国友人嘛，都得会！

陈年：那您知道是什么意思吗？

师傅：吉祥话儿呗！

车里仨人都笑。师傅：我还有呢——砍爱海 piu！

车驶过宽敞大街，忽烟花四起，恍如白昼。

王麦坐在餐馆儿里，四处张望。店不小，十几张桌子，坐了四五桌人。陈年从柜台取回两瓶啤酒，开了盖儿，瓶嘴儿扣着塑料杯。他对着王麦坐下，两瓶酒都放在自己面前。

王麦开口：我听桔子说，你今天值班儿啊？

陈年低头看鞋：我听说，你现在写剧本儿啊？

王麦：听谁说啊？

陈年：同学。

王麦一皱眉：于宁宁。

陈年张口结舌：啊。

王麦拿一瓶啤酒，放自己跟前，摘下杯子倒了半杯：你们俩，经常联系吗？

陈年：不经常。

王麦一撇嘴：比我们俩经常。

陈年：你说的，分手了，不联系。

王麦不吭声，憋了一会儿：你前两天是不是给我打钱了。

陈年：我怕你、房租交不上……现在上班了吗？

王麦吸了口气，又吐出来：上了。

陈年担心地：不是给于宁宁他们写剧本儿吧？

王麦：不是，是一个民营出版社，编辑助理。剧本那边儿，不给钱。

陈年：不给钱凭什么给他们写，咱不写了。

王麦：我写的不好呗，等写得好就给钱了。

陈年：怎么不好？你写得好。他们欺负人，

王麦笑着看陈年：就你觉得好。

陈年受了鼓励，自豪地：就是好！

菜齐了，两人举杯。

陈年：祝你早日成为编剧。

王麦：祝你早日当上主任。

王麦喝了两口，脸红红的，眯眯笑着：这几个月没我，你过得挺好吧？

陈年犹豫一下，放下酒杯：我说实话——我说实话你不生气吧？

王麦笑眯眯：不生气。

陈年：我觉得至少，我更专注了。有一个特别大的变化，我现在每次上大手术，心不慌了。

王麦：原来慌吗？

陈年点头：原来慌，怕你有事儿找我，怕护士举着手机进来叫我。

王麦轻轻地：我懂。

陈年：那你呢，你有变化吗。

王麦忽然忍不住地笑起来：我有啊。

陈年不解地：什么啊？

王麦使劲儿止住笑：我发现我不哭了。

陈年没说话。

王麦：真的，就从我们俩分开以后，一次都没哭。

陈年掩着失落：进步很大啊。

王麦关心地：你到北京第一年，春节就不回家，叔叔阿姨不说你啊？

陈年：院里要值班儿,工作嘛,工作的事儿我爸我妈都理解。

王麦：那你今天打电话了吗？

陈年看看手机：早上打了，这会儿肯定家里人一块儿吃饭呢。

王麦兴奋地：你现在打一个，我给阿姨拜年。

陈年赶紧摆手：你可别拜了，这里头闹哄哄的，听不清楚。

王麦明白过来：我们俩分手的事儿，你跟家里说啦？

陈年低着头：说啦。你没跟你妈说啊？

王麦默下来，看远处：我没说。

陈年不吭声了。

王麦吸溜两下鼻子，又高兴起来：没事儿！应该说！过两天我也跟我妈说。省得家里都操心。

陈年附和：对，好事儿，正好你妈一直不喜欢我。

王麦笑嘻嘻地：你知道啊？

陈年哼一声：她总给我打电话，你知道吗？

王麦一愣：不知道。她跟你说什么呀？

陈年撇着嘴：让我，多照顾你，跟你共同进步，啊，要有担当，要有个男人的样子，诶王麦你说——

陈年从桌上探过身子：我没有男人的样子吗？

王麦使劲儿抿着嘴，隐秘地笑：有，你有。

陈年看着这双笑眼，多么久违，心里软软地荡起来。

客人越发少了，老板调大了电视声音，一片欢歌笑语。陈年和王麦循声抬头看着。

王麦：没劲，都是春晚。

陈年叹口气：但是，年年都得看啊。

王麦：谁说的都得看，不想看就不看呗，不看又不违法。

陈年：我想看。

王麦望着他。

陈年：你那儿有电视吗？

电视机前头，陈年和王麦两个人，板板地坐在沙发上，一言不发。两双眼睛直直地对着屏幕，屏幕上几对主持人喜笑颜开，嘴巴一张一合。

好久，陈年突然开口：编辑助理，是干什么的？

王麦侧过头来，眼睛亮亮的：编辑助理……其实就是编辑。

空气重得要塌了，陈年终于过来吻她。

电视里开始倒计时：八！七！六！五！……

窗外焰火盛开。

天大亮了，手机在床边嗞嗞地振。陈年忽然一惊，睁开眼抓手机看：是刘水。

日光下的房间变得杂乱不堪。陈年跑进卫生间，定了定神接通电话。

刘水笑吟吟的：过年好哇，给你拜年。

陈年还慌着：过年好，过年好。

接不出别的话来。

刘水奇怪地：你在哪儿呢？在宿舍吗？

陈年：没有没有，我在科里。

刘水：一直在科里？

陈年：……啊。

刘水的声音变了，远远的，冷冷的：忙一晚上吧？

陈年：还行，看书来着，没什么紧急情况。

刘水无力地：那就好。

她给科里打过电话。

陈年回过神来：这几天怎么样，家里热闹吧？

刘水：热闹。我没事儿了。你接着看书吧。

陈年回到房间，王麦已经醒了，顶着乱蓬蓬的辫子跪在床上，半睁着眼睛瓮声瓮气地：医院有事儿啊？

陈年开始穿衣服。

王麦：要走啦？

陈年不说话，一件一件地穿，总算穿全、穿齐整了。他离床远远地站着，带着不忧不喜的神色，用不含一丝感情的声音：王麦，我告诉你一件事。

王麦看着他：啊？

陈年：我现在有个女朋友。

王麦仿佛凝神思考着，半天，笑起来。

陈年：我现在，我现在告诉你了。我得走了。

王麦没听见一样，还在笑。

陈年：我跟她，我们俩挺合适的。我们俩在一起几个月了。现在这个情况，我没法跟她提出来……她，她一直知道你，我跟她刚在一起的时候她就说过，说知道我跟你之间，这么多年……她怕我只是因为跟你分手了，就跟她……我向她保证过不是的。

王麦笑得更加厉害。

陈年无奈又气愤：你这样有意思吗？

她仍是笑。

陈年转身走了。他关上大门，门里是王麦停不下来的笑声。

三

酒店的休息室里，刘水套上宽腰大摆的婚纱，站在镜前。

刘水她妈胸前别花，看着女儿小山坡似的肚子，又喜又怨地：怎么说也不听！瞧瞧，这能藏得住吗？

刘水望着镜里的自己笑，手一下一下抚着：本来也没要藏呀！双喜临门，藏什么？

化妆师姑娘在一旁收拾手头的一堆刷子，讨好地：刘姐腰身儿好看，怀孕一点儿不影响，不像别的孕妇，懒洋洋的。

刘水稳稳地笑着：别管我叫姐，我没你大。

陈年匆匆走进来，西装紧紧地收着腰，簇新的鞋面亮得不行。徐天在后头举着 DV，像举着枪一样，聚精会神对着全屋扫。

陈年语速快：差不多了吧？你跟爸从后面那个走廊下去，待会儿听着主持人叫，从前面上来。

刘水过意不去地看一眼徐天，冲着陈年：我们婚庆有全程摄像啊。

徐天不受影响，目光定在眼前屏幕上：我拍我的，好多同学来了，拍完传到我们老师同学群里，大家看。

刘水眨着眼睛：你们班在北京的同学，都来了？

陈年听明白了，皱眉一笑：该来的都来了。你别关心这个了，准备进场了。

桔子坐在桌边，一口一口夹着凉菜吃。

一个男生在门口交了分子钱，领了件 T 恤进来，跟桔子打招呼：都开吃啦？

桔子：都摆上了，吃呗。

男生拆了袋儿，展开 T 恤看，正面"我们结婚啦"，背面俩巴掌印。男生啧啧赞叹：一人一件儿啊？成本不低啊。

桔子内行地一哼：十块。

全场暗，乐声情感丰沛，刘水乘着一道追光，引着两名胖乎乎幼童，从红毯远处翩翩走来。陈年身形挺拔，目光坚定，甩开主持人站在台角遥望着新妻。音画动情动人，不认识他们俩的身处此境都想哭。

刘水接过陈年递来的手，抬脚上了台。主持人聒噪几句，跟一对新人要承诺，先问刘水：你愿意吗？

刘水不说话。

停了一阵，她拿过话筒，转身对着陈年：陈年，今天在这儿，我想先问你一个问题。

陈年紧张地看着她。

刘水：你是非我不可吗？

台下静了一下，开始起哄。

陈年愣了一瞬，明白了，咬肌用劲儿，笑，点着头：是。

然后撤了话筒，眼睛一眨不眨，口型是：操你妈。

刘水没看见一样，还是笑盈盈地：那么，除了我，你谁都不爱，谁都不想娶，是吗？

陈年：是。

口型：操你妈。

刘水：如果现在，我说不愿意，你怎么办？

陈年绷着牙，音量明显放大了：我去死。

刘水笑了，伸手去摸陈年的脸：那我愿意。

陈年躲了，一反手把刘水拽进怀里，手攥了拳头，碾她的背。

刘水的下巴卡在陈年肩上，胸口被陈年勒得紧紧的，脸上是安心和得意。

台下陈年的大学同学桌，桌上人纷纷互相望，饶有趣味地对眼神。

一个套着 T 恤的男生哈哈大笑：牛逼！

桔子愤慨地：是人吗你。

反手一抓徐天举着的 DV：别拍了！

楼下响起急促、巨大的敲门声，周游一皱眉，放下手里的电脑，不紧不慢地走下楼。

他开了大门，门外站着王麦，脸色红润，眉眼带笑。王麦伸出手去摸周游的脸，周游抬手拉住她的手腕，轻轻一放。

王麦笑嘻嘻问：你干什么呐？这么半天才开门。

周游：我在工作。你来之前怎么不先打个电话，万一我这儿有别人，不方便怎么办？

王麦脸色一僵：别人，谁？

周游：家人，朋友，学生，谁都有可能。

王麦：于宁宁？

周游：包括她。

王麦低下头，瞪着眼睛不说话，过会儿一转身：那我走了。

周游叹气，往门里退了一步：今天没人，你要是有事儿，可以进来。

王麦还低着头，不吭声。

周游：快想，我等不了你一晚上。

王麦抬头看他一眼，闪身进了门。

两人上了楼，王麦怔怔地站着。周游一指沙发：坐着吧。

王麦就到沙发，拢着腿，直直地坐下。

周游在水台，拿两个杯子，问王麦：在外头喝酒来着？

王麦：在家喝的。

周游：没喝透，找我接着喝来了？

王麦难受地：不是。

周游一笑：那是，有话说？

王麦不说话。

周游手里忙活着：喝茶、咖啡？还是还喝酒？

王麦：酒吧。

周游：我这儿可都是烈酒。

王麦：那我慢慢儿喝。

周游端来一小杯咖啡，一小杯酒，都放在王麦面前。自己又倒了杯酒，坐到宽大的写字桌前去，眼睛看着王麦：说吧。

王麦迟疑半天，要开口又关上，拿起酒抿了一小口，才磕磕绊绊地：那，我发给你的东西，你看了吗？

周游：看了，挺好，小说写得跟诗似的。

王麦一泄气：你说挺好，其实就是不好。

周游咧了下嘴：小麦，你写了这么多，我能看出来，你的痛苦是真的。

王麦：但是。

周游：嗯。但是，你的情感是假的。

王麦眨眨眼，体会着：什么地方假？

周游警惕地笑：我不想跟你辩论。

王麦坐坐正：我不辩论，我保证。我想听你的意见。

周游：我的意见是，写下去，就是好事儿。

王麦：这算什么意见？——好才写，不好就没资格写。

周游：你看，说好了不辩论。

王麦点上一根烟，点着了才想起什么，带着情绪问：我能抽烟吗？

能！周游起身从柜里拿了个小巧得不能再小巧的烟灰缸，撂在王麦面前的茶桌上。

王麦对着烟灰缸空弹了两下：你之前的书我都看了。

嗯。周游笑眯眯地：有什么意见。

王麦：都是别人的故事。

周游等着。

王麦：我在这些故事里，也没看见什么真的情感。

周游摇摇头：那太遗憾了。

王麦：你为什么不写自己？

周游：我写东西，是为自己写的，所以不必写自己。

王麦眨巴着眼睛。

周游笑：能懂吗？

王麦把杯里的酒喝空了，脆生生的：不懂。

周游大笑，过来坐在她身边，手指头梳她的头发：你呀，心里只有自己，眼睛倒放在别人身上。

王麦挪开脑袋，梗着脖子：那，于宁宁懂吗？

周游收回手：她跟你不一样。

王麦：怎么不一样？

周游温柔地看着她：她不在乎。

周游起身往卧室走：我给你找身儿衣服换吧，看你这个精神头儿，今天是走不了了。

王麦站起来，看着周游的背影：结婚是什么感觉？

周游拿了衣服走出来：分人。

王麦接着衣服：就说你，你是什么感觉？

周游：我的感觉不重要。婚姻这种事儿，谁也不是权威。

王麦：但你结了两次呢。

周游：我还离了两次呢。

王麦干巴巴笑了一声儿，眼睛有点儿红：人非得结婚吗？

周游：当然不啊。怎么了？

王麦：我男朋友——我之前的男朋友，结婚了。

周游作势诧异地：是吗？！婚礼没请你？

王麦已经哭了，呛着笑了出来，跺脚：人难受呢！

周游拿下王麦手里的衣服扔在一边儿，把她搂进怀里：没事儿。他结他的，和咱们没关系。

王麦仰着脸：那，我是你什么人呢？

周游轻轻吻她一下：前男友结婚的时候，你来找我了。你说，你是我什么人呢？

王麦说不出话来。

周游拿起衣服：去洗个澡，把衣服换了。要说话，咱们有的是时间。

王麦：有多少时间？

周游乐观地张开手：有整整一晚上啊。

王麦走进浴室，解开辫子松了松头发，使劲儿盯着镜子里的自己——面红眼青。过了一会儿她推开浴室门，看见周游坐在卧室灯下看书。

她挑衅地喊他一声：周老师。

周游摘下眼镜：怎么了？

王麦严肃地：我可没爱上你呢。

周游眼睛一弯，笑道：好事儿。

王麦骄傲地关上门，片刻，哗哗的水声响起来。

两年后的冬天，路边残存积雪，衬着黑树。风冻得硬硬的，朝人脸上去，像无端抢起的弯刀。行人个个裹成茄子包，眼色匆匆。冬天的街道比夏天宁静，是因为怕冷的人都闭嘴了。

书店里暖气开得很足，一楼供应咖啡，人声鼎沸。通向二楼的楼梯拐角架着一张海报——

《荒岛》 新锐情感作家王麦 读者见面会
　　对谈嘉宾：著名话剧导演、小说家 周游

二楼安静得多。摆好的椅子没几个人坐，场外倒站着不少人——用观赏动物的眼神看一会儿台上，不满地嘟囔两声"这人谁啊"，就纷纷走了。

观众席里坐定的，一大半儿是年轻姑娘，双双眼睛紧盯着周游，把周游的几本书紧紧捧在胸前，只等主持人宣布对谈结束，好冲上来合影签名。

王麦浑身不舒服。

周游替她撑着场子，谈笑风生。终于有一个问题提给王麦，一个姑娘满不在乎地：我想问问作者，我看这本书的介绍说，写的都是分手的故事。这么多次分手，都是发生在你自己身上的真事儿吗？

王麦盯着她：我想先问问你，是不是真事儿重要吗？你买一本书，是想看小说，还是想看别人日记啊？

姑娘拎包走了：这种水平的书，我反正不买。

周游在一旁帮王麦往回捡：我觉得王麦要表达的意思是，

一方面小说作者的一个很重要的能力是虚构，小说一定是虚构的；另一方面，所有创作，又一定都是从作者的个人经验出发的，哪怕不是亲身经历……

王麦的手机在兜里振。她翻出来，在屏幕上看见一个极其陌生的名字：陈年。

什么签售，读者，文学路，评论家，都消失了。王麦坐在台上接了电话，声音从现场的音箱里传出来：喂。

主持人笑吟吟地：我们的作者，看来也是日理万机。

王麦听了两句，软软地站起来，眼睛直直地：我先走了。

王麦扑进医院大厅，找到楼角的手术梯，上楼，直接到病房。这一切她都熟悉。她大步走到护士台：我看一个病人，杨蔓桔，哪个病房您能给查一下吗？

护士：我们查不了。您给家属打电话吧。

王麦转身就走，顺着走廊挨个儿病房瞧，一直到尽头的一间，门敞着。她走进去。陈年僵直着，站在床前。床上躺着桔子，眼睛紧闭着，被子蒙住了半张脸。

王麦心里一紧，她轻轻走到床的另一边，抬头看陈年。陈年难过地看她，摇了摇头。

王麦一下子哭了：怎么回事儿？怎么这么快？徐天呢？

陈年赶紧过来拦她，憋着嗓子：你小点儿声儿！她刚睡着！

王麦懵了，伸手摸桔子脉搏，松了口气。还抽泣，但也憋着嗓子：那你……我以为人没了！到底怎么回事儿啊？

陈年惊讶地：孩子没了啊。他们俩要二胎你不知道啊？

王麦：我知道啊……但是……都五个多月了吧？怎么还能没了呢？徐天人呢！

陈年：徐天电话，还没打通。具体情况我也不知道。来的时候就是宫缩，出血，血量很大，胎心也没有……直接引产了。

王麦：那家里，老大谁带着呢？

陈年：说是跟姥姥在一块儿呢。

王麦：那，谁把桔子送医院来的？

陈年叹口气，看桔子：自己打120来的。路上给我打了个电话。

王麦恨死了，掏手机：我今天必须找着徐天！

桔子忽然动了，有气无力的：我都找不着，你能找着？

王麦赶紧到床边儿，心疼地:醒啦？哪儿疼吗？用叫大夫吗？

桔子：不用，没事儿，流产嘛，不是什么大病。

王麦：好好儿的怎么会流产呢？徐天知道吗？一家子医生怎么还会出这种事儿呢？

陈年在一边儿拽王麦，王麦不理他。

桔子：医生还不许得病啦？我没事儿。陈年你把我手机拿来，我把我妈叫来。

王麦：徐天到底跑哪儿去啦？孩子这么大的事儿，怎么连人都找不着了呢！

桔子一笑：没了挺好。我早知道保不住。这老二本来我也不想要。

王麦和陈年都不说话了。

桔子闭上眼睛：你们俩走吧，别在我这儿待着，我嫌吵。

陈年和王麦从住院楼出来，走在小花园里。

王麦：真没想到……我之前根本没看出来。

陈年：别人家里的事儿，外人哪看得清楚。我们这儿好多病人，病了好几年，家里根本不知道情况。急诊送来的最多，病人都昏迷了，家属一问三不知。

王麦：怎么会走到这一步的呢？桔子那么好的人，徐天也老实……你说不会是徐天外头有人了吧？

陈年扑哧笑了：不可能。他根本没时间。

王麦看着陈年的侧脸，陈年回过头来，她就低下头去。

花园的长廊底下冷冷清清，一个大爷病号服外面罩着棉被，坐着轮椅，大口吸烟。

王麦夸张地指着：这儿不能抽烟吧？你们得管管啊。

陈年看一眼：不影响别人，抽就抽呗。

王麦：他自己身体总影响吧？都住院了，还抽烟，不积极配合治疗！你是医生，你管管他。

陈年：这么冷的天，老爷子跑出来，就为抽口烟，你还不让。是不是有点儿残忍？

王麦气得乐：你就是懒得管。

陈年也笑，叹了口气。

两人走到了医院门口，几步之外就是吵闹的街道。

王麦：那，桔子那边辛苦你盯着点儿，有什么需要就给我打电话。

陈年点头：你刚才从哪儿来？没下班儿就出来了吧？

王麦想了想，低头笑。

陈年好奇：怎么了？笑什么？

王麦：今天下午，刚才……我从一个活动跑出来的，是我新书的签售会。

陈年惊讶地：你出书啦？

王麦点头：第一本。

陈年：签售没结束就过来了？

王麦：嗯，接你电话就来了。

陈年拍脑袋：太不好了。我不知道，也没先问问你在哪儿。这么大的事儿，哎呀。

王麦：你别呀，不重要。桔子这个事儿重要。

陈年：你还得赶回去吧？

王麦笑：早结束了。

陈年：那，你书叫什么名字？我也去买一本儿，拜读一下。

王麦从包里拿出一本：给你。

陈年接过去翻着：真厉害，都当作家了。《荒岛》——这书写什么的？

王麦皱了一下眉头：你不是要自己看吗？要是没时间，不想看，就还我。

陈年：我看，我看。我不问了我自己看。

王麦扁嘴一乐。

陈年摇着书：作家脾气真大。

王麦：那我走了，你赶紧回科里吧，也出来一下午了。

陈年：没关系，我找师兄换班了。都这会儿了，你要不要吃个饭，再回去？

王麦迅速地：不了不耽误你了。

陈年：我也就是吃食堂，你要不嫌难吃，就一块儿。

王麦露出微笑：食堂不难吃，食堂好吃。

两人便转身往回走，陈年把王麦的书夹在腋窝里，向她交待：那是之前好吃，这两年换师傅了，你吃了就知道了。

王麦：啊？那之前那个……

陈年：土豆牛肉！是不是？

王麦：啊。

陈年：没啦。

王麦苦恼起来。

陈年：但有个水煮牛肉还行，可以尝尝。

王麦走着走着停下来：要不，还是不吃了。

陈年：那也没关系，你要是有事儿就……

王麦为难地：我去你们食堂吃饭……好吗？

陈年才明白：噢。没关系，没什么不好的。

王麦：那万一，你媳妇儿……

陈年：她出国了。

王麦正正经经地笑：去玩儿啦？都没带你呀？

陈年：哪有时间玩儿。有个合作项目，院里派她去了。

王麦：长期的？

陈年：顺利的话两年。刚走半年。你还在出版社上班吗？

王麦：还上着，但是……可能过两天就辞了，专心写作。

陈年琢磨着：哦。书卖得好吗？

王麦：书卖不了多少钱。我是为了写东西，不是为了卖书。

陈年：写东西也得想办法吃饭啊。

王麦没表情：谢谢。我一个人好养活，还不至于吃不上饭。

陈年像吞了一口风，闭嘴不言语了。

正是饭时，食堂里喧嚷来往，但坐下吃的不多，多是在窗口打了带走吃的。

陈年一直没说话，直接就往窗口去。王麦戳戳他：你卡里有多少钱？

陈年回头瞧她。

王麦：够我吃的吗？

陈年笑了，抿抿嘴：还真不一定够。

排到了窗口，陈年让王麦：你看，要吃哪个？

王麦使劲儿探着身子：我想吃那个！排骨那个。还有茄子那个。

陈年对师傅：这两个来半份儿，再来个水煮牛肉。两份儿米饭。

王麦听到半份儿，盯了陈年一眼。

陈年：怎么了？半份儿够，食堂菜量大。

王麦点头儿，没说话。

两人端了菜找地儿坐稳了。陈年指给王麦：你看，不是我小气吧？半份儿是不是不少了？

王麦笑：不少不少。我就是一听"半份儿"，怕我们俩人不够。

陈年：你从来都这样儿，吃之前玩儿命点，老怕吃不饱，眼大肚子小。

王麦：那也是当时在你这儿受的教训啊。

陈年：我当时不给你饭吃了？不可能。

王麦胸有成竹地：有一回，我们俩夜里从图书馆出来回宿舍，我说我饿了，想吃煎饼，你说你不饿，我们俩就买了一个。

陈年举着筷子：然后呢？

王麦：然后就送我回宿舍，路上你一直说，给我咬一口，我就给你咬一口，然后你又说，再给我咬一口……

陈年闭眼乐。

王麦：你口那么大！两口下去煎饼就剩一半儿了，然后你还要咬。我就说你别咬了，你要饿咱们回去再买一个。你还说你不饿！

陈年：我跟你说王麦你太护食了，一个煎饼的事儿记这么多年，到现在还气成这样儿。

王麦：这还不是最气人的呢！然后我就说，你要是真不饿那你别吃了，我还得吃呢。你说什么你记得吗？你说王麦你爱我吗？你要是爱我，你就再给我吃两口。

陈年乐不可支，少顷腾地站起来：我再给你买俩菜去！

王麦也不拦他，知道他开玩笑，就笑。

陈年坐下，吃了两口感慨：但我记得你是从小就爱吃饭，这点真让人省心。我儿子吃饭特别费劲，姥姥姥爷累坏了。吃顿饭跟打仗似的。

"我儿子"这种话，如此轻易就从陈年口里吐出来了。王麦心里一坠，觉得刚才的笑声多可耻。她意识到，她只牢牢记得他是别人的丈夫，却忘记他也是父亲。

又觉得不可思议——他竟是父亲。

陈年见王麦不说话，觉得自己失言了，小心地确认：你知道吧？

王麦猛醒似的：我知道！我知道……我老是忘了你都当爸了，有小孩儿了。几岁了？

陈年：两岁多。你想看照片吗？

王麦一皱眉：不想。

陈年：对不起啊。

王麦：不不不，我的反应不好。不是因为孩子。可能是因为，我总想忽略它……因为你跟人有孩子，那意味着你们就需要……

陈年：嗯，我明白。

王麦摆摆手：我只是，不愿意往那儿想。你能理解吗？

陈年忽然笑：你这想法倒是像个男的。

王麦也笑了：是吗？那你会这样吗？想到我跟别人，会不舒服吗？

陈年：我倒没想过。

陈年仔细地看着王麦，顿了一会儿，一甩头：嗯。是。不舒服。

王麦赶快接着：但并不是嫉妒，是不是？

陈年积极同意：对，不是嫉妒。

缓了一会儿，陈年问：我听徐天说，你有个男朋友吧？

王麦：嗯，好几年了。

陈年：做什么工作的？

王麦：他是个……话剧导演，也写小说，今天下午我们俩还在一块儿来着。像签售这种场合，他必须在，我不行。

陈年：这个人比你大吧？

王麦：比我大，比你也大。

陈年笑：那当然。打算结婚了吗？

王麦：现在还没有。早呢。以后再说吧。

陈年：不早了，二十八了。这个人我看不可靠。

王麦坐直了看陈年：不如你可靠？

陈年一呛：行，你觉得好就行。

王麦：我们两有一点好，不吵架。吵不起来。你说什么，人家都不生气。你就觉得自己特无聊。

陈年：因为他老。

王麦笑：没那么老，只是年长一点儿。我觉着我们两挺合适的。

陈年：那还是怪我当年不成熟。我耽误你了。

王麦：你现在说这个话，倒是不成熟。

陈年：那他既然年纪那么大了，为什么不结婚？

王麦：为什么非要结婚呢？我觉得两个人在一块儿，各做各的，挺好的啊。结婚多累人啊。

陈年：这是他给你灌输的吧？

王麦不说话。

陈年：要不他就是有过婚史，不想再结婚了。要不他就是长年分居，可能根本没想离！搞艺术的都容易这样。你可打听清楚了，别让人糊弄了。

王麦不愉快地：我都二十八了，谁还有心糊弄我。

陈年：那得看他多大年纪。他多大？

王麦疑惑地：你什么意思呢？非要我过得不好、吃不上饭、上当受骗，你才满意吗？

陈年：我当然不是这个意思。

王麦：你过得就好吗？孩子放在姥姥姥爷身边，你多久能见一回？媳妇儿出国两年，多久能回来一回？说是一个家，不还是你一个人孤苦伶仃吗？你觉得你过得好吗？

陈年：我过得不好。

王麦还瞪着眼睛：但是这样的生活可靠，是不是？你宁愿这样。

陈年：至少它稳定。我不像你。我得负责任。

王麦：我觉得这种逻辑恰恰是不负责任，逃避问题。

陈年：谁家没问题？你看徐天和桔子，没问题吗？肯定有。有问题就不过了吗？不行。

王麦：有问题就要解决问题。

陈年：有些问题解决不了，还不如不想。

王麦讥笑：那不就是屋子里养大象吗。还是逃避。

陈年：你不说，大象就是死的。你说出来，大象就活了，跟着你。

王麦：你意思就是，大家都装没事儿，躲着，绕着，日子就还能过。

陈年：对。

王麦：那就是逃避。

陈年：是就是吧。

王麦：那如果大象越来越大呢？把屋里挤满了，你不光没地方躲，你甚至不能动，不能呼吸了，你怎么办？

陈年想了想：办法总比困难多。

王麦看着陈年，觉得眼前的人陌生极了。她像做梦一样，轻飘飘地问：结婚是什么感觉啊？

陈年盯着面前那碗牛肉：结婚没什么感觉。你好像觉得，结婚让什么东西变了，但其实不是。可能有什么东西变了，但这些东西是无论如何都会变的，和结婚没关系。

王麦收回眼神：走了。走吧。

陈年没动，低头笑笑：这些话，跟别人还真没法说。

还是刚才那条路，天已经黑透了。他们看见长廊边的影子，还是那个轮椅上的大爷，在抽烟。王麦很难过，觉得那就是陈年。

她忽然问：你喜欢过于宁宁吗？

陈年：谁？没有啊。

王麦抬头看他：一点儿都没有吗？

陈年老老实实地：一点儿都没有。你觉得我喜欢她？

王麦笑：嗯，我当时以为来着。

两侧栽满了树的小径上，路细细的，只容一人过。陈年向前一步，回身拉住王麦的手。

隔着三年时间的牵手，只是为了这一小段路，只是为了这一分钟的黑，没有从前也没有以后。两个人的心都缓缓跳，又坦然又温柔。

到了院外的马路上，王麦伸手拦车。陈年拉住王麦：你如果现在认识我，就根本不会喜欢我了吧？

王麦望着他：我心疼你。

陈年一下子把她拉进怀里。

王麦停了一会儿，轻轻地：好了，让你们同事看见，该误会了。

她从陈年的怀里走出来，上了车，一路愣愣地看着经过的路。她又一次从陈年身边走远。

王麦回到家，脱掉大衣，瘫坐在沙发上，久久地发呆。这房间几年没有变，角落里还是有几个箱子封着没拆。王麦盯着它们，心想时间是什么呢？

手机突然振起来，一亮一亮，是陈年。王麦怔住了，她不敢接。

响起敲门声，王麦一惊，她呆了一下，才去开门——周游一脸焦急地站在那儿。

周游劈头盖脸地：怎么回事儿？打了一晚上电话也不接。下午去哪儿了？

这焦急使周游额头的纹路更深了，鼻翼呼扇呼扇，冻得通红，嘴唇却发白。这张脸把王麦带了回来。

王麦轻轻地：下午去医院了。桔子流产了。

周游缓了一口气：哦，去医院了。

他听到医院两个字，就什么都明白。他心疼地看着王麦，把她搂过来：没事儿，没事儿的。

王麦像从空中落进云朵里，几颗心一起放下了，却泛起无尽的委屈。她的手指头紧紧抓住周游，哭起来。

周游轻轻叹了口气，手心一下下抚着她的头发：不哭，啊，明天咱们可以再去看她，咱们可以天天去。你要是愿意，我就送你去。你要是不愿意，我就不送你。好不好？

王麦呜咽着点头。

周游忽然一惊似的：哎呀。

王麦挂着眼泪看他：怎么了？

周游遗憾地：恐怕你现在已经爱上我了。

王麦笑了出来。

四

陈年走进科室的时候，晨会已经开起来了。大多数人坐在自己的椅子上，身体转向坐在窗边的科主任。正在进行汇报的是主任医师徐天，耸立在几个实习生身前。陈年把双肩背包轻轻卸在门口的桌子上，人靠着门框，秘密地调整位置——他要借徐天近年来日渐隆起的肚子挡住主任的视线。

而李丹丹偏要在这时向他走来。李丹丹二十二岁，身高一米六九，黑亮的头发像一片缀着星星的海水，谁也拦不住她在这时向陈年走来。她的臂弯里挂着陈年的白大褂，手里提着油条豆浆，一抬手，把两样东西一起呈给陈年，像妻子迎接下班回家的丈夫。

陈年一皱眉，指关节轻轻点着桌面儿，小声儿地：搁这儿。

哗啦，塑料袋舒展了，陈年心里一紧。李丹丹就势并排靠在陈年旁边，青葱似的胳膊挂着桌面，嘴角的笑意又羞媚又坦然，长腿一蹬一蹬。

“陈啊？”主任抬起头往门口看，招呼他。科里三个姓陈的，但谁都知道主任口里的“陈啊”，单指陈年。

“哎！”陈年遮着早点，不敢朝前，只积极地应一声。

“今天多吧？”主任问。

陈年瞟一眼墙上的小黑板，列着手术安排：六台，都是他。

“是主任，今天六台。”陈年低着头回答。李丹丹倒高昂着下巴，像将军的战马。

“查完房赶紧排吧。”

“哎。”陈年老老实实的。

医生们给实习生派着任务，一拨儿一拨儿领着往外走。徐天挤到陈年旁边，微笑：没吃饭啊？

陈年：你吃了吗？

徐天遗憾地：没吃。没人给买。

陈年把油条一拎：拿走。

徐天接过去就送嘴里了：正好儿。

李丹丹和几个实习生站在门口，噘着嘴往这边儿看，撞上徐天一抬头，赶紧收了表情。

陈年冲着他们：你们几个干吗呢？

李丹丹使乖：等您带我们查房呢。

陈年不耐烦地：就干等着？去把病历拿齐了！

科室里就剩徐天和陈年。徐天一口一口扯着油条，小声问陈年：昨天办了？

陈年眼睛离开电脑，长出一口气：办了。

徐天眯着眼睛：什么感觉？

陈年琢磨了一会儿，一咧嘴：没想到离婚也排队。

徐天：你以为呢！我告诉你，民政局他们每天这业务量，离婚的不比结婚的少！

陈年：你那会儿也排队了吗？

徐天：排了啊。我那会儿还先给调解呢，一大姐上来劝半天。你们给调解了吗？

陈年：没有，没人管，就问一句双方自愿吗，自愿就签字，签完赶紧拿证儿走，后头还排队呢。

俩人沉默了一会儿，徐天问：孩子还在他姥姥家？

陈年疲惫地点了下头。

徐天两口吃完油条，抖擞地站起来：走吧！六台。

俩人走到门口，徐天又问：刘水这次回来，得住一阵子吧？

陈年：嗯，她们所里给了两周假。

徐天：住哪儿？还在你那儿？

陈年点头：明天上午的飞机，回她爸妈那儿，看看孩子。

徐天：那你今天晚上，还回家住？

陈年苦笑：不回家我上哪儿去。

徐天一拍胸脯：行了。我给你安排。

李丹丹迎上来，抱着一摞病历夹子，脆生生地：陈老师，拿齐了。

陈年手往病房一指：别老看我，看患者。

李丹丹走远几步，徐天笑嘻嘻看陈年，小声儿问：你们俩没事儿吧？

陈年莫名其妙地翻他一眼，沿着李丹丹的影子进了病房。

也是病房。周游坐在病床上，戴着眼镜，读着一本书。王麦坐在床边椅子上，也戴着眼镜，抱着电脑啪啦啪啦打字，腿架在床边，一双脚挤在周游的被子里。敲门声一响，两人一起抬头。

门口站着一个瘦高的姑娘，太年轻了，即便瘦，也仿佛浑身都是水。眼睛是一汪水，嘴唇是一汪水，肩膀和大腿都是一汪水。四月里，晚春还有些余寒，姑娘光腿穿着软软的小裙子，王麦的椅背上还挂着风衣。

周游摘了眼镜，没说话。

王麦问：你找谁呀？

姑娘怯怯地：我来看看周老师。

周游动了动身子，似乎是示意王麦把腿脚搬走。王麦不动，定神看着他。周游开口：学生。

王麦慢慢悠悠地穿上鞋，理理衣服，站稳了，招呼姑娘：你进来呀。

并没有地方给她坐了，只有王麦身边那一把椅子。周游笑吟吟不说话，留给王麦懂事的机会。王麦当然已经懂事了，十年了，她收好电脑拎起包，告诉姑娘：你坐。

姑娘不吭声，站着不动。

王麦朝周游一笑：那我先回了。

周游只是点点头，两个人仿佛诚心不当着王麦的面说话。

王麦往外走，余光瞟见姑娘一步坐到了床边，并不稀罕她腾出的那把椅子。又听见姑娘心痛的声音：疼不疼啊？

王麦低下头，真的笑了。

这是一家私立医院，附楼里是大得过分的健身中心，还有球场和泳池，好像住客都不是病人，是运动员。周游倒是病得不重，住进来是因为一段时间胸口闷，"像心上缠了个人"，他这样描述症状。医生大为认可，"还得是作家，讲什么都有意境"。王麦在一旁不屑，心想你到公立医院去讲一句意境试试。

做了些检查，没发现大问题，医生还是建议住下来，一能随时观测，二有起居照顾。周游爽快答应。王麦基本上每天来，直到今天她盯着泳池外的玻璃墙，冒出一个词：高级北戴河。

周游好久没成果了，排不出戏，写不出字。淤滞，他说。他的眼光越来越刁，力气却越来越碎。王麦不敢提到"老"字。在这十年的训练里，她渐渐真正和他站在了一处。她想要是年轻姑娘有用，那就让他用。

她忽然想起于宁宁。自从她跟周游有了关系，于宁宁就离开了剧团，和他们再不联系。她想起周游当时说：她和你不一样。

怎么个不一样？

李丹丹总在笑。陈年站在手术台上，看得见站在外圈的李丹丹。她蒙着帽子口罩，可眼睛老是弯的，眯眯样。她表达情绪总是很夸张，遭遇一只猫会惊奇得像遭遇海啸，遭遇病人死亡会不顾家属当场嚎啕。这样的人怎么能当医生,陈年不满地想。

王麦那时也是这样。他却觉得可爱。

电话一通,一阵刺耳的钻墙声就灌进耳朵里。王麦赶紧把手机拿远,对着喊:你那儿干吗呢!

桔子也喊:盯着装修呢! 你等我一会儿!

钻墙声逐渐弱了,桔子:出来了,太合适了,正要给你打电话。

王麦:找我干吗呀? 我可没法帮你盯装修啊! 我新书这礼拜必须定稿了,我得保护脑子。

桔子:不让你来。你下午有空的话帮我跑一趟,给徐天送个东西。

王麦想赖:唉呀……你自己送吧,你就放在他们楼层护士台,让护士转交一下呗。

桔子:我没时间啦,今天必须做完墙面地板,明天就要进家具了。

王麦:那么急干什么呀?

桔子:我也不能老在我妈那儿住啊,孩子那么大了。

王麦:诶? 徐天还有什么东西在你手里? 婚戒啊?

桔子:正经的。他要我们原来那套小房子的钥匙,搬出去的时候没拿,给我留下了。我今天实在走不干,你那儿不正好有把备用的嘛,就给他送去就完了。

王麦怔了一下:我送他们医院去啊? ……快递不行吗?

桔子:人家说不行,就得今天要。也不知道他想起什么来了。

王麦琢磨:你们那房子空着好几年了吧? 他是不是想卖啊?

桔子：他卖不了，离的时候房产证更名了，给儿子了。

王麦：那……这就有点儿奇怪了。

桔子：徐天？他干什么事儿我都不觉得奇怪。

王麦：行吧，那我下午跑一趟。

桔子：哎哎——那你给我打电话是要说什么？

王麦：噢……唉算了，没意思。

桔子：诶？什么意思？快说，别让我悬着。

王麦：我就是忽然想起于宁宁了。你后来和她还有联系吗？

桔子思索着：还真没有了。好多年没见过这人了。是你找她，还是周游要找她？

王麦笑：谁也不找她。就随便一问。

桔子冷笑：我也劝不了你，我也不劝了。非跟着这么个人。不清不楚的。

王麦没声音。

桔子：还好着呢？

王麦笑呵呵地：好。好得不能再好了。

"死了都要爱！不淋漓尽致不痛快！感情多深！只有这样！才足够表白！……"

徐天挺着庞大的腰身，破着喉咙吼着。他孤零零站在包房中央，肚子随着高音一收一拱，彩色球光在他身上顽皮地跑，映出汗津津贴在背上的衬衫，映出苍白多肉的脸盘。刚进包房五分钟，这是他们今晚第一首歌。

陈年心里明白。上学时候他们去唱歌，《死了都要爱》总是最后一首，是嗓子开了才能唱的。隔了十年再进 KTV，徐天已经想不起当年的歌单了，只记得这最后一首。陈年都不忍心再看徐天。这一屋人，只有他一个人明白。

徐天叫来的一群实习同学老老实实地坐着，眼神认真地看屏幕上的歌词，不懂这是什么歌。李丹丹动作熟练地开啤酒，拎了两瓶走到陈年旁边，想坐下。

陈年不腾地儿，仰着头：干什么？

李丹丹认真地：我有事儿跟您说。

陈年听不见：什么？

李丹丹俯下身子，凑近陈年的耳朵：有事儿！

陈年浑身一痒。他好久没感受过人嘴里呼出的热气了，竟然这样热！见鬼。他不知该生谁的气，气呼呼地往里挪了挪。

李丹丹一坐下，就不说事儿了，长长的手指头轻轻握着酒瓶，一小口一小口地喝。陈年默默等半天，坐立不安：什么事儿，说啊。

李丹丹抿着嘴笑：唱什么歌？我给你点。

陈年难以置信地看着她，讲不出话，也拿起酒瓶，大口喝起来。

徐天唱得没劲儿了，倒在沙发上，眼睛茫茫地投向前方。两个女生正在合唱一首极快的歌，努力追着歌词，追得倒不过气来，嘻嘻哈哈笑成一团。一个男生扑到点歌台，刷刷点了一长串，回头看了眼徐天，戳戳旁边的女生，让她去问徐老师还唱什么歌，他来点。

女生不乐意地白他一眼，使劲儿摇头。

年轻人很快就把徐天和陈年抛下了。他们并不常来这种地方唱歌,他们来唱歌也都不是为唱歌的。一个男生做起喊麦的事,自己沉浸其中跳起舞来。旁边几个人玩儿骰子、喝酒,又几个人十五二十、喝酒,剩下几个神情安详地刷手机,噪音充耳不闻。酒很快喝光了,服务员又送来两打。徐天已经喝高了,不知道接了谁的电话,大声告诉对方:上来! 804!李丹丹还稳稳坐在陈年身边,守着宝贝怕人偷一样。陈年已经喝了四瓶酒,声音太多了,他觉得头疼。

李丹丹终于站起来走开,可是非常短暂,她点了首歌就回来坐下,拿起话筒。伴奏之初是水滴的声音,是这房间今晚第一次宁静。

她对着陈年唱周华健的歌,《有故事的人》。她的同学们也不玩闹了,停下来看戏。

曲折的心情有人懂,怎么能不感动?
几乎忘了昨日的种种,开始又敢做梦。

她出人意料地唱得好。男歌调子低,她发不出力,倒轻松下来,像一声声耳语低吟,像一句句真心真意的话。她不时看一眼陈年,陈年一直盯着屏幕,那一男一女,一对人。

我决定不躲了
你决定不怕了

我们决定了让爱像绿草原滋长着

天地辽阔 相遇多难得

都是有故事的人才听懂心里的歌

我决定不躲了

你决定不怕了

就算下一秒坎坷 这一秒是快乐的

曾经交心就非常值得

我要专注爱你不想别的没有忐忑

音乐声高涨起来，要把人情绪推上去。陈年忽然起身，推门走了。

李丹丹愣一下，哑了两声，放下话筒跟出去。她在走廊里拦住陈年：你要走啦？

陈年脸和胳膊都红红的：我上厕所。

李丹丹松一口气，带了点埋怨：我歌才唱到一半儿呢。

陈年好笑：那你出来干什么，回去接着唱啊。

李丹丹也红了脸：我就是给你唱的，我想你们那时候都听周华健，我特意学的。

陈年不领情：是吗？我没听过。

李丹丹：那你仔细听歌词了吗？

陈年：听了。

李丹丹欣慰地笑了，她问他：那你听懂了吗？

她一边问，一边把手搭在陈年的手臂上，轻轻划。

陈年伸出另一只手，两只手指头拎着李丹丹的细手腕儿，往下一丢，冲她嚷：你能听懂吗？你有什么故事啊！少来这套！

陈年嚷完这一句，一阵反胃，喉头一滚一滚，伸手扶住墙。李丹丹顺势擎住他，肩膀架住陈年的胳膊。远远看上去，只是KTV里随处可见的一对拥抱的人。

王麦可没想到今晚会看见这样一幕。当她越走越近、看清了那个倚在墙边搂住年轻姑娘的男人是陈年之后，就不得不停下脚步站住了。带路的服务员还在走着，回头招呼她：这边！804前面左转！

陈年这时才看见王麦，他疑惑极了，他的脑袋里拥挤不堪。离婚，啤酒，又一瓶啤酒，一浪又一浪噪音，六台手术，无知无畏的李丹丹，吼叫的徐天，笑眯眯的周华健，我决定不躲了，头痛，恶心，王麦……王麦？

陈年突然推开李丹丹，跑了几大步冲进旁边的卫生间，扯开喉咙吐了个底朝天。

李丹丹卡在门口看不见人，焦急地喊：没事儿吧？陈老师！

又是学生，没一点儿新鲜的。王麦又笑了。她转身就走，走了几步又返回来，对着李丹丹：徐天跟你们一块儿来的吧？

李丹丹张着眼睛：啊。

王麦把装着钥匙的信封递到她手里：这个给徐天。

她说完就走，李丹丹在她身后问：这什么东西呀？那您叫什么呀？我跟他说这是谁给的呀？

王麦没回头，想了想：前妻！

她是怀着莫名其妙的气愤一路下楼，出门，坐回车里。莫名其妙嘛！这一切都是谁的计划？徐天和陈年商量好的吗？徐天一整个下午不接电话，晚上才让她送到 KTV 来，就是为了让她亲眼看见陈年搂着姑娘？

周游和陈年商量好的吗？非在同一天带着自己的"学生"站在她面前，是要表达什么呢？你老了？还是男人们老了？是谁厌倦了谁？谁在害怕？

门口的老头儿溜达过来，敲窗户，手里捏着小本儿比划着：十块。

王麦翻了翻车里，一点儿钱都没有，心里无奈地骂：商量好的！

她摇下车窗，压着气：师傅，我刚才就是上楼送趟东西，这就走了。

老头儿戴上脖子上挂着的花镜，对着小本儿念：进场时间，九点四十九！

又抬手腕儿看表：现在，十点零七，过十五分钟，不满一小时，按一小时算，十块。

王麦一摊手：师傅我今天真没带钱。

老头儿摘了眼镜儿瞧着她，往里一指：你不是来唱歌儿的吗？上前台要个停车券儿。

王麦：我不是来唱歌儿的。

老头儿：不唱歌儿，光停车，也得交钱。

王麦跟老头儿对峙半晌，一甩头：行！我唱歌儿去！

她抓起包，开门出来锁了车，蹬蹬往里走。

老头儿在后头嘱咐：出来跟前台要个券儿！

王麦出了电梯，正迎上徐天陈年一行人从包房出来。徐天的酒劲儿未消，声音比平时大：陈年跟我走！

陈年吐过，似乎已经清醒了，搀扶着徐天，点着头：嗯嗯我跟你走。

太奇怪了，他又看见一个女人，那么像王麦，朝他们走来。她比王麦瘦，比王麦利落，比王麦疲惫，比王麦冷淡。他隐约记得刚才也看见了王麦，他以为是六台手术和四瓶啤酒使他站着做梦。刚才应该就是她，是吗？

是。

王麦走到他们面前，停下来，嫌弃地看着他。

陈年不知道下一步是什么，仿佛是酒意又上来，他大声说了句：哎？之后又有一股情绪忍不住，扯出几声傻笑。

王麦看着他：尽兴吧？

陈年松开了徐天：你怎么？你也来啊？

王麦在人堆里看见李丹丹，不想再理会陈年，就冲着徐天：钥匙收到啦？

徐天还大着，点头诡秘地笑，拍了拍身上背着的包。

王麦严肃地：好好收着，可别丢了。

陈年并不知道他们在说什么，可又想说话，邀功似的：没问题！我送他！

李丹丹这会儿走过来，熟知内情地拉住陈年：你别送了，让人家两个人走吧，你也喝多了，我送你。

陈年不耐烦地：你别添乱了行吗。

李丹丹脸涨红了，瞪着眼睛紧紧闭着嘴。

陈年看着王麦，诚恳地表达：我送他，没问题，我们俩说好了，今天晚上，我送他。

王麦瞟了一眼陈年：你也喝酒了吧？

陈年乖乖地点头。

她又看一眼徐天：你们俩这样儿，出去也打不着车。

王麦转身：我送你们吧。

陈年马上拉着徐天，跟着一起往外走。

王麦按下电梯，电梯门一开，王麦回身看着李丹丹：你跟我们一块儿吗？

四个人砰砰上了车，陈年占了副驾，李丹丹只好和东倒西歪的徐天挤在后排。徐天一上车就躺下了，她几乎整个人贴在车门上。

王麦发动了车，深吸一口气，问陈年：你有十块钱吗？

陈年傻呵呵地：有。

王麦伸手：给我。

哦！陈年兜里翻出十块钱给王麦，王麦拐到门口给了老头儿没说一句话，直接开了出去。

老头儿嘟囔：没钱没钱，这不还是有吗。

王麦问：先送谁啊？

陈年回头看徐天：先送他吧。

王麦：他到哪儿啊？

陈年冲徐天喊：咱们去哪儿啊？

徐天睡着了，没声儿。

陈年回过头坐正了：我也不知道。

王麦好笑：那你刚才说你送他，你是打算给他送哪儿去？

陈年：他说他安排好了，今天晚上让我跟他走。

王麦讥笑地：走哪儿去啊？为什么不回家呀？

陈年看着外头，不想说。

李丹丹插话：要不我们都回医院吧，值班室能睡。徐老师万一夜里不舒服，输液也方便。

王麦反应了一下：还真可以。

李丹丹追：陈老师你也回吧？

陈年眼神还在车外：再说吧。

李丹丹为难地：我怕万一科里没人，我自己也弄不动他。

陈年：不至于。

车里静下来，王麦也不必再问了，就往医院开。陈年翻出车里几张 CD，选了一张开始放：梁静茹，《分手快乐》。

前奏一起来，王麦就无声笑了。陈年在旁边看着她，王麦收起笑容。

陈年贱兮兮地碰她胳膊：哎，哎。

王麦忍不住又笑了：干什么！

陈年：那你记得吗还？

王麦梗着脖子：我记得啊，怎么了？

陈年得意地：当时觉得自己很厉害吧？跑学校广播站录了首歌儿，整个校园每天午饭时间播放，循循善诱，劝人分手。

王麦：那是广播站找的我！也不是我主动去录的。

陈年：那你也是非常乐意。

王麦：而且这歌儿也不是劝人分手的啊？是说分手了一个人也要好好过。

陈年：怎么不是啊？什么"挥别错的才能和对的相逢"，什么……啊如果他总给别人打伞你就别等啦。这不是劝人分吗？

王麦盯他一眼：你还记着歌词啊？

陈年：我能不记着吗，连着一个月中午，下课都不能先去食堂，得先陪你找个喇叭听，听完才能吃饭。到食堂什么好菜都没了。

王麦一直笑着。

李丹丹听着不对：你们俩也是大学同学呀？

王麦不动声色：是啊。

李丹丹又一想：噢，那你跟徐老师也是同学。

王麦：对，我们仨，一个系的。

李丹丹松了口气：那就对了。

王麦这会儿想起来了，赶紧说破：但我可不是他前妻啊。

陈年听得一愣：什么呀？

王麦对着陈年：对，我今天过来是给徐天送钥匙的，桔子让我帮她跑一趟。

陈年：什么钥匙？

王麦：原来他们那个旧房的钥匙，徐天说今天必须得要。

陈年明白了：噢，那估计他是要带我去那儿住。

王麦不解地看他一眼：你们俩什么计划呀？今天晚上怎么了？又喝酒又唱歌儿的，不回家想干什么？

陈年不想当着李丹丹的面儿说：没什么。

王麦：就算不想回家，住酒店不行吗？干吗非得去那旧房啊？几年不住人了那么脏。

陈年：那我就不知道了。

徐天忽然翻腾起来，坐得直直的，两眼放光。

陈年回头看他：怎么样，还行吧？

徐天瞪着眼：不行。要吐。

王麦赶紧靠边停了车，要跟着一起下去。徐天边摆手边跑：别跟着我。随后消失在路边树丛里。

仨人都站在车外，王麦担忧地望着陈年：我觉得徐天有点儿不对，像受什么刺激了。

陈年点了根烟：没有。他没事儿。

王麦：他跟桔子离婚，是不是也是这会儿？四五月份。

陈年想想：是吗？忘了。

徐天好久不回来，陈年又点了一根烟。王麦有点儿着急：你别抽了，你去看看他，别在里头摔了。

陈年冲李丹丹：你去看看。

李丹丹犹豫，不想去。

王麦：大晚上的你让人姑娘去？你去！

陈年振振有词：平时在医院接受这么多医疗训练，怎么检验？就是在今天这种关键时刻！养兵千日用兵一时，徐老师平时对你不好吗？赶紧去。

李丹丹不情不愿地去了。王麦气得直乐：你现在怎么这么会使唤人。

李丹丹从树丛里出来，慌慌地：没有。里边没人。

王麦真的担心了：怎么办啊？报警吧？

陈年灭了烟：我去看看。

两个女人在四月的夜里，静静站在大街上，王麦先开口：你在他们科里实习？

李丹丹：嗯，快毕业了。

王麦：现在实习，是哪一级？

李丹丹：一三级。

王麦：一三级，一三级，那你今年，二十二？

李丹丹：二十一。

又沉默下来。

李丹丹踌躇半天，鼓起勇气：那你是陈老师的前妻吗？

王麦惊讶地：不是啊！我们……不是。

她想想又笑，以为陈年瞒骗小姑娘，问李丹丹：他告诉你已经离婚了？

李丹丹：没有，我也是听同学说的，说陈老师前两天跟主任请假她听见了，说的是去办离婚手续。

王麦觉得自己像一块太阳底下的冰，渐渐化开，渐渐吸附，渐渐明白了许多事情。

陈年从路边走出来：还是没有，但没事儿，不管他了，咱们走吧。

王麦：他手机在身上吗？我打个电话。

陈年：我打了，没接。没事儿，徐天我知道，出不了事儿。

王麦：那他到底能去哪儿啊？怎么吐着吐着人就没了呢？

陈年意味深长地看王麦：你说他能去哪儿啊。

王麦明白陈年的意思，不争了：那咱们先上车吧。

陈年：等会儿。

他盯着来路，没一会儿，伸手拦下一辆出租车，叫李丹丹过去：你坐这车走吧。

李丹丹被他拉着上了车，还不甘心，巴着车窗：我想送你到家。

陈年一字一句地：明天早上，你到徐老师那儿报到，他们组正好缺个人。我带不了你。从明天开始不许跟着我，记住了吗？

李丹丹眼睛都红了，盯着陈年不说话。

陈年给师傅留了钱，转身朝王麦走去。

王麦把车开起来，问陈年：这么晚了，让人家自己回家能行吗？

陈年：她？她可有比这晚的时候。

王麦：那你去哪儿？

陈年：我没地方去，你看着办吧。

王麦：臭无赖啊你。我能把你怎么办？论斤卖也卖不了几个钱。

陈年：能抽烟吧？

王麦：你现在烟怎么这么勤。有事儿吗？

陈年：没事儿。

他忽然转过身子，仔仔细细地看王麦。

王麦让他看得慌：怎么啦？

陈年：变样儿了。

王麦：那还不变？多少年了。

王麦也看了一会儿陈年：你也有变化。

陈年：胖了。

王麦：不是，不是胖了瘦了、高了矮了那种变化。

陈年：那是哪儿？

王麦：嘴角，嘴角和眼睛。

陈年翻下车里的小镜子，看自己：为什么是这两处？

王麦：嘴角的变化，是看出你总在说什么样的话。眼睛，是看出你见了什么样的人。

陈年沉默了一会儿，锁着眉头看王麦。

王麦：那，我变化大吗？

陈年点头：大。神神道道的。

王麦拍了拍方向盘：我今天晚上，可是一眼就认出你了。你在走廊上，搂着人家姑娘。你当时看见我了吗？

陈年直视前方，默了半晌：看见了。

王麦：今天心情不好？

陈年：我当时没想到真是你，以为是喝多了，出幻觉了。

王麦笑：得了吧。你怀里有个那么年轻的姑娘，眼前出幻觉能是我？不至于吧？

陈年不说话。

王麦：你跟那孩子到底什么关系呀？

陈年忽然急了：我用得着跟你解释吗！

王麦闭嘴了。开始有一粒粒雨点，扑上车窗来，一点点大，一点点密。陈年不知道这辆车在往哪里开，王麦也不知道。

陈年闷声闷气地开口：什么时候学的车？

王麦不理他。

陈年四下看：这车是你的吗？

王麦：不是。

陈年：结婚了吗？

王麦：你不知道吗？

陈年：不知道。

王麦：你看呢？

陈年：看不出来。

王麦：结不结婚有区别吗？

陈年抻了抻胳膊：我不知道。这车是男朋友的？

王麦顿了顿：朋友的。

陈年夸张地笑：朋友？！王麦你可真行。

王麦忽然觉得涌上一股疲惫，嘴里发苦，她有气无力地说：你今晚到底去哪儿，回家还是回医院？我累了。

陈年看看四周：你现在住哪儿？

王麦：你知道。还是原来那儿。

陈年：还在那儿？得有十年了吧？房东怎么着，卖给你啦？

王麦点头：卖给我了。

陈年愣了一下：真买了？那房子多次啊，地点也不好，你是让房东给骗了吧？

王麦：我主动买的。我不爱搬家。

陈年：自己住吗？

王麦偏头看着他笑：和你有关系吗？

陈年煞有介事地分析：那房子，两个人可住不下。

王麦尽量不笑。

陈年：因为你自己东西太多了。衣服、破烂儿、书，看什么都好，什么都不扔。那么小一个房子，住十年下来呀，还能有你睡觉的地方就不错了。你自己做饭吗？

王麦：你做饭吗？

陈年：我可没时间，再说我有食堂。你可千万别做饭，你要是做饭，厨房就毁了。

雨比一开始大多了。陈年看着窗外：那种房子，这么大的雨就可能漏水，阳台、卫生间，都得注意，有时候不是楼上漏下来的你知道吗？老楼的排风管道——很多人不知道，雨天特别容易漏水。

王麦含着笑，不说话。

陈年：诶那你后来又重装了吗？其实从居住的角度……

王麦痛快地：你想过去看看吗？

陈年：你要是非邀请我去……

王麦：你是不是想去？

陈年一脸无辜：……去就去呗。

在一家金鼎轩门口，王麦停了车，对陈年说：你在车里等我一会儿。

陈年：这么大雨，你干什么，买夜宵啊？我不饿。

王麦从后座拿了把伞，站在外头弯着腰：你刚才吐了吧？

陈年：嗯。

王麦：你今天吃过饭吗？

陈年想了想，摇头。

王麦：等着我。

会照顾人了，陈年坐在车里想。这是别人的成就，是她在离开他之后，在别人身上学会的。刘水也离开他了，或是他们互相离开。他从一开始就未能掌握对待刘水的方式。她总是强调：她不是王麦，不需要他像对待王麦那样对她好，她要另一种好。可是另一种好是什么？她不来牵制他，也不接受他的牵制。她去国外参与的项目，就那样一直做下去了，项目五年完成后，她决定留下来。他们就这样越来越没有关系。像两个老朋友，逐渐变成陌生人。

当初如果不是怀孕，不会那么快决定结婚。

那天去办手续之前，刘水第一次给陈年看了自己的身份证，她比陈年大一岁，当初说了谎。这有什么要紧呢？陈年一点也不理解。刘水说我知道。刘水说你从来不觉得，我也会有很多害怕。

王麦连跑带跳地进了车里，身上还是湿了。拎着的饭盒口袋可一点没湿。

她抓了几张纸巾胡乱擦擦，给陈年汇报：怕慢，就要了点现成的点心，虾饺，烧卖，两种粥，素菜包，我记得你爱吃荠菜包子，这个是不是荠菜的我也不知道，还想要炒河粉来着，实在是怕太慢。

陈年撑着口袋往里看：这味儿闻着还挺香。

王麦看着他笑：你要是饿了就车上吃，反正都是点心，有筷子。

陈年：本来不饿，一闻味儿饿了。

陈年野蛮地扯开袋子，开了盒烧卖，劈开筷子吃起来。

王麦开着车，不断偏头提醒他：慢点儿吃！咽了再吃下一口。干不干？车后头有水，给你拿一瓶？

陈年不说话，闷头猛吃，吃光了烧卖，吃光了素包子，又拆开一盒虾饺。他每一口都把嘴里塞满，两腮吓人地鼓出来，咬肌剧烈工作，几乎要抽筋。王麦渐渐不再看他了。她专注地看着前方的路，雨刷器均匀地一摆一摆，世界一下清楚，一下模糊。

陈年嘴里糊里糊涂地说着：晚上……光喝酒呢……没吃的……一天手术……没下台……

王麦向前方大睁着眼睛，眨也不眨，喉咙里含混不清地发了一声：嗯。

还剩一个虾饺。陈年拨弄半天，没吃。他把嘴里吃的咽干净，特别快地说：我跟刘水离婚了。

王麦呜一声哭出来。一脚停了车。

陈年一下子慌了，扔了饭盒，挪过身子抱她：你哭什么？没事儿没事儿……唉，哭什么嘛！

王麦仰起头看着陈年，边笑边哭：我也不知道。

陈年：不知道你哭什么呀！我原来说没说你？有情绪表达情绪，有话说出来，哭有什么用啊？是不是？你一哭我就害怕你不知道吗？我就觉得我又犯错误了。你说今天，我都这样儿了，你还哭，你说我哭不哭？你再哭我也哭了啊！

王麦笑着哭：你别说话！

陈年抱着她：嗯嗯，我不说话，你也不哭，好吗？

王麦下巴卡在陈年肩膀上，抽泣着点头。

陈年一下下捏着王麦的胳膊，等她缓下来，轻轻问：这么卡着累不累？

王麦笑出来了，不好意思地起身坐正了：累。

王麦擦了擦脸，准备启动车，陈年问她：还能开吗？要不你歇会儿，我开。

王麦不容商量地：我开。你喝酒了。

雨几乎停了，王麦开了车窗，让风进来。她自言自语似的：我总梦见你过得特别好，心满意足，梦里全是颜色，发生的都是好事儿。

陈年：醒了特别生气吧？

王麦奇怪地：气什么呀？

陈年：你恨我吗？

王麦：不恨。

陈年哼一声：你当时可说了，这辈子再也不想看见我了。

王麦想想笑了：真的。对。

她看了一下陈年的脸，又转过去：都忘了。

到楼下停了车，陈年拿出手机：给徐天打个电话。

电话那头是桔子，她压低了声音，但凶悍极了，劈头盖脸骂了陈年一通：怎么能让他喝那么多酒！

陈年吓坏了，把电话塞给王麦：你跟她说！

王麦憋着乐，接过电话：你怎么找着徐天的呀？

桔子：他给我打的电话！说到家门口了，没钥匙，我要不来，他就撬门进去了！我过来一看，人家已经进门儿了，电闸也没开开，躺地板上睡着呢！我问什么也说不清楚，就说和陈年喝酒了。

桔子一边说，一边轻轻托住徐天的脑袋。他睡在桔子的腿上，两只手紧紧搂着她的腰。桔子无依无靠地坐在地板上，房子里没有一件家具，空空荡荡。

王麦：那我们就放心了。那今天晚上，你管他？

桔子：我不管你管啊？陈年管啊？这俩人也太不省心了！不年不节的，干点儿什么不好，为什么非得跑出去喝酒？

王麦看了一眼陈年：陈年和刘水离婚了。

桔子一点儿磕巴都不打：活该！

王麦一乐：行了，歇着吧，明天再骂。

桔子气哼哼地：挂了！

王麦把手机还给陈年，陈年问她：你说我离婚了，她说什么？

王麦：说你活该。

两人收拾收拾下了车，陈年在王麦身后无声地走。王麦边走边问他：还认识吗？

陈年：嗯。

王麦四处看着：这小区虽然老，但是绿化好，树多。

陈年：嗯。

王麦：但是树多也不好，夏天蚊子就多。

陈年：嗯。

王麦：但是还有很多鸟，鸟……鸟就算好吧。麻雀没什么意思，喜鹊就很漂亮，蓝背，长尾巴……

陈年拉住王麦的手，王麦定住了，没转身，也没说话。

陈年声音低低的：小麦。

王麦回身看着他。

陈年：你是可怜我吗？

王麦把手心贴在陈年胸前：我心疼你。

陈年缓缓地把王麦拉进怀里，轻轻地抱着。王麦也轻轻抱着他，他们疲惫，伤心，庆幸又心存疑惑。那些年轻时鲁莽的能量已经被一次次磨炼耗尽了。他们已经看清，每个人身上，只有一点点需要极为努力才能维持的微光，而此刻他们也无比相信，只要对方需要，他们一定随时愿意把自己仅存的光芒献出去。

异乡记

Naraka

巨大的风，在窗外饱满振奋地流淌，像条看不见的大河。响声来自它的经过。它拍打汽车，汽车就尖厉嚎叫。它掀起屋顶的铁皮，铁皮就跃起又下落，沉闷地轰隆，像濒死的鱼。镶在墙上的玻璃和墙剧烈地争执，急于互相摆脱。地面上小小的人们随之偏向一侧，不久又偏向另一侧。曾经松动惬意的，迫切地需要被固定，需要在突然有限的时间里等待选择。阳光面容惨白，露出父亲脸上的无奈，云堆脚步飞快，越来越快。

　　王麦站在十七层向下看。第一次在这房子里过夜时她站在同样的位置向下看，陈年站在她身后，请她把眼前层叠的、扑面而来的楼群想象成群山，把孤立的偶然的路灯想象成闪亮的河流。他努力了，那是针对她一个人的挑逗。有那么一段时间，她的失望总能得到他的关注。

　　风劲越来越猛，一阵连着一阵。如今她眼里的楼群只是楼群，白色的墙面砖发黄，绿和红的招牌都发黄，一部分树叶也黄了，而黄色的行道线发黑。一个老太太在路边缓慢移动，一旦起风她就停住。王麦知道陈年听不到这风声，现在是下午，他在手术室里，穿着拖鞋，被消过毒的帽子、口罩和手套包裹，他的空间低矮、广阔、封闭，灯光惨亮，四下相通，像在防空洞，时间不是人间的时间，规则不是人间的规则。血肉摆在台上，陈年和同伴们针对胸腔部分操作，不关心脸和思想。他们听音乐，说笑话，激怒或者色情地恭维某个护士。你不能时刻在高处，不能时刻紧绷，如箭在弦，否则会把自己迅速消耗光。"我女朋友王麦，作家。"刚恋爱时，她第一次去科里找他，陈年这样介绍，面露自豪。那是前路不明的日子，他们对对方的工作感到崇拜、好奇，像刚刚坐进电影院里，灯光熄灭。

陈年一直在等待结束伪装的那一刻，药效散去。他早就准备好了，在婚礼结束后回家的车上，喝剩的酒和脱下的礼服塞满后备箱，一片轻漫的疲惫袭来，他就知道自己准备好了。但他想等王麦一起。紧跟着他们去旅行，在机场他观察她，从她对陌生人热情和宽容他看出她还不行。她带了太多行李，许多条款式差不多的裙子，大瓶护肤水，需要托运，还差点儿超重。在一周半的假期里，她一步步摆出妻子的姿态，忽而过分亲昵、服从，忽而又决绝任性。而陈年紧绷、疲倦，强作耐心，他知道他们在人群中有多普通。他想可能她需要等到旅行结束，回家之后。他就等着她。他需要王麦的配合，所以他也配合她。然而过去了太久，六年还是七年？她从来不比他先睡，不管他回来有多晚，每一天都是。这没什么说不通，但他领会到一种坚定的躲避。比起留在家里，她更加热衷于和他一起外出，参加他的参加。她拒绝结束，他越来越确定这一点。虽然他们什么也没说，尤其在只有他们两个人的时候。他越来越确定，他感到生气，感到疲倦。他把王麦的表现视为一种背叛。

她很少跟他争论，除非有外人在场，他们的朋友，这样她的争论存在于一个更大的争论中，就像一场战斗有战争作背景。没人的时候他们偶尔争吵，但只在她准备好了的时候。争吵时她也不说极端的话，使他有把柄。他们之间有一些无关痛痒的旧账，旧账全在他身上。他一天比一天沮丧。她天生要当妻子，而他还没学会当丈夫，并且担心永远学不会。

每隔几个礼拜，他们去一家进口超市买东西。一种榛子味冰激凌，一种小块的夹心威化饼干，也买榛子味，和香草味。一两个小碟子，放调料或者薄荷糖，或者就当烟灰缸。没有生活必需品，这场采购就是必需品。一切在最初就得以确定了，难于改变，改变需要解释。

她带他去看演出，在一条胡同里的小酒吧。

"好久没来了。"王麦在进门时说。陈年知道"好久"标注着婚后。

老板过来拥抱她："好久没来了。"老板留着长发和胡子，眼睛也毛茸茸，跟她说一样的话，表情夸张地委屈。他们是不吝于做作的那类人，陈年判定。现在王麦的专栏文章多数是影评，小部分书评——她下笔小心，因为离得近。早些年她写诗，写歌词，写狂热的情书，不知道抛向谁。那时陈年还不认识她，他想象那些热情的词句可能针对着某个地址，某些活生生的面孔、身体、男人。他不感到嫉妒，他感到恶心。

王麦选了贴墙的小桌坐下来。整个空间比陈年设想的要小，舞台也并不比观众席更高，人人都坐着，有酒喝，聊天，歌手已经在唱，音响效果谦卑，一切都不够正式，像在某个朋友家里的娱乐。陈年忽然想唱歌，《莫斯科郊外的晚上》，或者《山楂树》，那些他父辈的歌。他有他自己年轻时代的歌，但已经不大记得了，并且觉得那些歌可笑。他才三十五岁，还没感受到翻越，但一直在丢失。舞台的背景有个月亮，又黄又圆，在歌手的头上，刘水床边的灯光也是这样。她愿意不关灯，她要求他不关灯，让他看着她，她也看他，让某种目光看着他们两个。她和另一个女同学合租，室友不在家时她才叫他去，有时她对这种局促感到不好意思。

"没事儿，我也有个室友。"陈年乐呵呵地说。

他以为这是个挺不错的笑话，但刘水不爱听。

"还喝这个吗？"王麦指着他面前的啤酒杯问，就快空了。

"行。"陈年点点头。

她挤去外间的吧台拿酒，人开始多起来。台上换了另一支乐队，多了鼓手，开始赢得注意。一个不再年轻的女人离开椅子，跳起舞来，看上去仍然是个女人。她跳着双人舞中的女步，用目光招徕舞伴。一个男孩迎上去，欢快地配合她，他不是中国人，她也不是。他们的舞步搭不上歌声，也搭不上鼓点，他们另立了节奏，非高兴不可。人越来越多，最终他们只是在牵着手打转。

杯里一滴酒也没有了，王麦迟迟没回来。陈年起身向外走，他们的桌子立即被人坐了。

她没在吧台，她坐在另一张桌上，对面是个美国男人，他们的手离得太近，下一秒就会握在一起。陈年走过去，扶稳王麦的肩膀。她回头对他笑。

"聊什么呢？"陈年贴着王麦坐下。

"她非常美，"美国男人热情地回答他，"她不给我，她的电话号码，也许你能告诉我为什么。"

"这人是谁，干什么的？"陈年不想跟他说话。

"Peter，他是大学老师，教摄影，他中文很好。"王麦告诉他。

"选修课？"陈年问。

王麦和 Peter 同时笑出声来。陈年意识到这是个阴谋。这家酒吧，这场演出，这种让他陌生又不齿的气氛，整个儿地是个阴谋。王麦开始说话，陈年不再听了，他把手放在她紧绷的大腿上，两腿之间，他掉转手腕，向上、向深处去。她没穿内裤，他知道，因为这条裙子太贴合又柔软，她只是希望不露痕迹。很快他感受到湿润，和喷薄的热气，像耳边呼吸。她不再说话。

"回家吗？"他眯着眼睛问她。

"嗯。"

陈年起身向外走，让王麦跟在他后面。胡同里安静、漆黑，他们走出来，一前一后，走上大路，叫车回家。他的手没再碰过她。

必须要做点事情，要针对某个事物观看、选择、研究，否则便会出现空白，无法填补。那些空白，你说不好那些空白是被希望的，还是要躲避的。它如果使人感到轻松，就同时也使人愧疚。

他们之间是那么平静、熟练，与另一种情感越来越远——那种情感令人震颤、惊讶，满是说不通的道理，总有对抗、险境和湍流，那正是他们不要的。他们连话也不能说，更不能在分别时候想念——那比通奸还不道德。友谊在他们之间露过头，没有被抓住，一闪就沉没了，像水面上鲨鱼的翅。除了夜班，陈年每天都回家，每天从家里出发，他们每天都说了话，都不值得被记住。她不知道他在干什么，他身上发生了什么。他也是。每次告别他们都松一口气，他短暂地离开，她感到安心，然后等着他回来。

王麦睡得越来越晚，从凌晨到中午。她的一天打开两次，一次在中午醒来时，陈年在上班。一次在夜晚沉寂时，陈年上床后，她扎起头发，走进书房。

她从报社辞职一年多，对人说打算好好写小说，实际上仍然靠着专栏过活。辞职是因为纸媒连遭重击，奄奄一息，报社越来越养不起人，像中年下岗的单身母亲。然而同时，靠写作为生却变得容易了，你有许多种方法能够换到钱，根本不必先成为作家。

她每天都写，写得并不比从前多。当时间足够了，遭遇的是另一重难，更令她难堪。她总在重读已经读完的书，总有些段落被行走的目光忽略，不是故意的，但总在发生，像对话里的误会。彻底枯竭时她就饥渴地去参加聚会，和朋友们、朋友的朋友们聊天，像老鼠在黑暗中磨牙。她说得很少，她倾听，更像是偷听，一边听一边添加想象的调料，搅动汤勺，把素材扭曲、编撰，煮成她秘密的讲述。她从没令朋友们感到不自在。他们一点儿不警惕，她的书他们都有，谁也没读过。有太多更伟大的书更值得读，假如要读书，当然要先读那些。不过那些他们也没读。他们花时间生活。

每天她有足够的时间独处，可只有等到陈年回家，她才感到安心和寂寞。她感激他带来的打扰，感激他的张狂、无知和挑剔。他们的交谈越来越少，越来越吻合她的需要。

她越来越少说话，人们的表达透露太多东西，她来不及地听。当讲述一件事物，有人的口吻迅疾、直接，充满判断，他们更自信，也更信别人。有人总用排除法，"不是那样，也不是那样……"她便猜测他们常常被误解或反驳，他们多数是女人。

总有什么东西在动，在她视野的角落处，在她没仔细去看的时候。她开始常常恶心，摇晃，晕眩和燥热。她觉得自己长高了一大截，地面离她越来越远，像站在楼顶句下看。

"没事儿，现代女性更年期都提前了，"陈年满不在乎地说，用安慰人的语气，"整体提前。"

她不能再多说，否则像是勒索。

"吃点儿那个什么，"陈年说，"B族，维生素。"

"哪种？"王麦问。

"最便宜那种。"

"你觉得是吗？"医生问。

"是吧。"她憋了一会儿说，随后又补充："但主要是焦虑。"

"焦虑就是因为抑郁。"医生痛快地给了她几种药，像是看感冒。每种她都尝了尝，有一种镇静片最让她快乐。每次她吞下一颗，十五分钟，一切都柔软宁静下来，尤其是她自己，不再为一缕头发垂到眼角而猛吓一跳。她把其中一盒放在包里，另外一盒塞在一排书背后，其他的药扔掉了。

没什么可怕的。她的城市里没有禽兽，人人衣冠楚楚。陈年每天观摩死亡，但那对他毫无影响。他具备一个好医生的素质，但不是伟大的，这两种素质相互矛盾。他们所认识的人里，没人潦倒不堪，没人进过监狱。这仿佛理所当然该是他们的追求，保持高速，保持悬浮，保持心不在焉和尚可自嘲的特权。

一共有四辆车，四个成年家庭，向郊区的秋天开去。陈年和王麦那一辆在最后。一路经过好几个采摘园，但他们的目的地是鱼塘。主任爱钓鱼，有自己的渔具，好几套，陈年告诉王麦，他和两个师兄都没有，主任说在鱼塘可以租。

阳光像无数的短剑，一直向眼睛刺来，两侧树叶青黄参杂，像士兵成群结队，和风一起摆动，和光一起发光。王麦戴着墨镜，陈年嘱咐她待会儿下车要摘掉，除非主任媳妇也戴着。不，过了一阵子他又开口说，即便那样，她最好也别戴。她又在鼻腔里感受到那股气息，陌生的，金属般的，令人想要认罪或者尖叫的。唇舌干涩，她说不出话来，担心被认为在存心对抗。车忽然停了，车门开了又砰一声关闭，陈年在笑，在大声说话，声音沉闷地隔着车门传进来。几辆车都停了，走出人来，车门张开着，像飞舞的小虫。几个袋子从后备箱里被拿出，被陈年和师兄们抢过，提在手里。他一如既往快乐、孤绝，缺乏注意。王麦摘掉墨镜，下了车跟上去。

很久以后她再想起那一天，才明白发生了一些和她有关的事情。男人们只钓到几条小鱼，不值得一吃，但吃饭时桌上那条清蒸鱼相当大，是老板从塘里现捞的。垂钓只是垂钓，不为保障食物。两个师兄的妻子们带了点心和水果，王麦因为没想到这一点，受了陈年一些埋怨。主任似乎随意地提到，接下来安排陈年做住院总。应该应该，师兄们表示，陈年和王麦还没有小孩，理当承受这份苦差。他们同情地向王麦敬了酒，其中一个问陈年：刘水打算留院吗？眼睛却看着王麦。

"谁？"陈年似乎没听清，抬起头问。

是升职吗？回城的车里，王麦问他。

不是，陈年说，不过住院医如果要升主治，一般要先做住院总。师兄不大高兴，因为两个都比他进科早，他强调。

"那就是升职的前奏？"

"差不多吧。"他勉勉强强认可。他不喜欢升职这个词，医生不属于那一类工作。

"有点儿像缓刑，是不是。"她笑了笑。

"怎么会像缓刑？"他很震惊，不解，"根本不像。"

"某种意义上……"她辩解。

"哪种意义上都不像。"

很快王麦就懂了师兄嘴里的苦差。陈年几乎不再有休息日，甚至不再下班，连续许多天住在院里，以至于有一天他在中午打开家门，倒吓了她一跳。她刚刚起床，正准备洗澡，音乐声放得很大，空气温热稠密，像几天没开过窗。她的脸还浮肿着，头发薄薄地贴在头皮上，后面有一小块全部压扁了，像马蹄踏过的干草。

"我以为你会先打个电话之类的。"王麦为了掩饰惊恐，于是面露惊恐地笑了笑。她说完就知道这样说不对，可他们又都明白她没说错。

陈年只是回来取一本书。原本打算拿了就走，这样一来又多留了一会儿。他听着卫生间里时开时关的淋浴声，有香气渐渐飘出来，他走到阳台，打开窗户，向外看去。天气不错，阳光淋洒在他的眼里，回过头时他的视力还没完全恢复，眨了几下眼才看清王麦。她什么也没穿，她以为他已经走了。

"我以为你走了。"她又那样笑了。

"这就走。"陈年说。他假装无意地盯着她胸前紫红色的峰尖，它们放松、柔软，不再像从前那样，仅仅因为他的目光就昂扬地迎头站立。

"把窗帘拉上。"他出门时说。

冬天，节日即将密集，他们得到了借口，需要另一张床，以防父母过来短住。王麦量好书房空间的尺寸，陈年空出一个傍晚，和她一起去宜家。他们随着人流向前，陈年让自己的脚步放慢，不对路线发表意见。几天前他和刘水刚来过，他给她搬了家，换了些家具。他拥有她的时间已经够少了，不愿再减去室友干扰的那部分。他希望她一下班就回家，他甚至想在她家里装一部座机。

"座机？"刘水惊讶得笑了，"不想接电话的人才装座机。"

"我怕你乱跑。"他一下子就认输。半个多月前刘水坐的出租车追尾，他刚知道，电话就打不通。他不停打，没人接，他荒谬地想，好了，就这么多了，她死了。等到她终于接了电话，听见的是陈年劈头盖脸的痛骂，随后他突然大哭，像某种兽类的鸣啸。

从那以后她什么都听他的。

关于陈年的失态他们没再提。他们生活在医院里，见够了死，可那天他第一次感到恐惧。他没法想象刘水独自面对险境，在没他在场的情况下。而王麦不会死。他知道王麦不会死就像知道自己不会死，他觉得王麦同样这么想。他们相当有把握地认为对方不会死，对此他们没那么沮丧，也没那么欣慰，那只是一种事实，像日夜和四季，像考卷上已经答完的题，每天都经过的一条路。

"就这个吧。"王麦说。她选了一张最宽的单人床，价格也很经济。陈年没有异议。

随后她提议去餐厅吃饭，陈年也没有异议。是他先说事情办完了，他该回医院去了。他们又都知道，饭总是要吃的。

陈年捧着托盘排队结账出来，远远看见王麦旁边的座位被人占去，她伸长脖子，抱歉又无助地望着他。

不要紧，他用眼神说，你就坐那儿吧，我再找地方。

他走过去，把点给她的饭菜放下，继续向前走。王麦看着他，看到他远远找到一张桌边坐下，就低下头吃起来。他们都没做错。他们不是非要坐在一起吃饭。

为什么结婚？刘水问。

一场运动刚刚结束，陈年觉得虚弱不堪，仿佛把自己全部交了出去——不是得到答案，而是问题消失，他感到解脱。

"不知道。"他说。他仰面躺在床上，声音在游泳。他像个服了药的病人。

他的婚姻是悄然发生的，像被某种力量驱使着，角落里的植物每天生长一点，未曾得到关切，也未曾被质疑。谁都想不起来了，结婚这个词从何时起开始在对话里出现，并且一出现就带着某种必然和正当。他没法解释婚姻的原因，他现在知道了，很多身处其中的人都不能。问题如果总能被回答，那它就不值得提出。

"你别害怕，我不想留院。"刘水说。

"不行。"他侧过脸瞪着她。

刘水笑起来。陈年知道他答对了。他渐渐学到一些关于女人的知识，比如不同的衣服底下穿着更加不同的衣服，清晨身体的香气比夜晚更切实。他还发现女人的计划总是曲折的，它们因为曲折所以无法达成，又因为曲折而总能达成。

他很少在刘水家里过夜，因为科里的确需要他。住院总不再负责病床，意味着没机会上手术台，他只能指望夜里的急诊手术。另外还因为有一次值班医生告诉他夜里有电话找，听上去像是王麦。他希望不是。一切运转良好，他不想节外生枝。王麦重新上班了，在一家出版社做编辑，开始喜欢请人到家里做客，但书房门总是关着。有个周末陈年回家换衣服，听说晚上有人来，决定留下做饭。他做了四个菜，还出门买了两瓶酒，那股热火朝天的劲头让王麦感到孤独和惶然，她的客人也一样——桔子和达达，她从前在报社的同事，第一次见到陈年。起初由于拘束，他们一直接受着服务，姿态却像个奴仆，直到第二瓶酒也打开，才真正说起话来。

"不是一回事。"

这是王麦的口头语，并且往往是一段演讲的开始，而不是结论。她对着陈年说这话的时候，眼神里总带着同情，那种故意从鄙夷改良而来的同情。陈年说他得出一个比喻：对他来说，1 到 10 是一回事，10 到 20 才是另一回事；而对于王麦来说，7.81 和 7.82 就已经远远不是一回事了。

"嗯，嗯，"达达点着头。他一直认真地听着，这会儿面露疑惑，"所以你们俩谁是医生来着？"

王麦立刻笑出声来，太快了，像观众席里的托儿。

陈年也笑，从盒里敲出一根烟。

达达拿出火机给陈年点了烟，继续疑惑地看着他，问："什么科来着？"

"心外科。"陈年这次是真的笑了。

"心外科，心外科，"他看着抽烟的陈年，苦着脸重复，摇头叹息，"你说说。"

桔子已经笑得很厉害，她横起拳头捶一下达达的肩膀，"赶紧健身吧！"

达达自己也笑了："来不及啦。"

他们说起报社的现状，倒是不会倒，但令人同情，像老头穿运动装跳街舞。桔子的愤慨仍然强烈，认为时代变坏了，媒体的价值被践踏，又为了生存，只能做些毫无意义的事。但陈年觉得，那只是她个人的抱怨，是因为她的工作曾经有过些特权，现在没有了而已，可如果你真的想为别人做点什么，并且有能力——陈年不光在心里这么想，他全都说出来了——你总能找到事儿干。

谁也没能说服谁，但人人始终微笑着。随后他们聊起电影，达达开始批判一部刚上线的新片，剧本空洞，表演夸张，这些都不用说了，他最厌恶的，是导演的衰败和自恋。

"导演的自恋？怎么看出来？"陈年问。

达达说当你感觉有人客客气气地把你当傻子看，那人就是在自恋。

"是吗，"陈年说，"我没看出来。我觉得挺好看。"

王麦努力挂住脸上的笑容，起身去开窗。窗外仿佛不是夜晚，似明似暗。夜幕被城市之光吃掉了，吐出一摊一摊腥昏颜色，像恹恹肺腑，像茫茫沙河。

他们一起收拾了厨房和餐桌，客人坚持把垃圾带走，认为这是礼貌的底线。陈年提出送他们俩回家，因为他没喝酒，而桔子和达达没开车，并且反正他回医院顺路。

"别让她留院。"王麦尽量不经意地说，在陈年出门前。她的脸僵硬地平静，为了他们两个人的尊严。

陈年似笑非笑地看她一眼："噢。"

她心里凉下去。他明白她在说什么。她转身进了书房，听见遥远的关门声。

因为漂亮，他一直受宠，在旅途里，人群中，在父母之外。没有义务爱他的人也爱他，尤其是女人。于是他早早成为作家，销售和评论都稳定。如果你天生拥有一种过人的特质，暂且忘了它，去发掘第二种，那么第一种便不会枯竭，余下的都是借口。

王麦正式见到他时，他已经四十七岁，仍然漂亮，嘴角的线条仍然流畅，身体仍然紧凑。他从墙边的书堆里抽出他的上一本书，撕开塑料皮，给她签名：小麦老师批评。周游。她是他的编辑，眼下即将上市的一本，他个人的第四部长篇小说。随便改，他说，你说了算。他谦卑地推举她，她低下头笑。

他们都看见了一条小路，正在做出的决定，迂回着地流淌和推动。这是他的家，他的书架，他的沙发，弯腰的落地灯，他手指间的雪茄，都在，他的妻子不在。摄影师在，一个满身垂挂的大龄男孩，在以周游为圆心的四处走动、停顿，在他和王麦的对话里时隐时现。

他们讨论文稿。王麦已经读过了，周游不满意结尾，王麦却喜欢。

他提出另一个结尾，未成形的，还在设想中。

"我觉得，不如。"王麦摇摇头。

"不如现在这个？"

"嗯。"

"我描述不好。除非写出来。"他抓抓头皮，带点憨地笑，显得害羞。

王麦没在陈年的脸上见到过害羞，大概因为他很少收到高于实际的赞美，他一贯实实在在。你说不好那是与生俱来的，还是他不得不。

"快点儿写。"她说。她筹措了句子，咽掉了前头的"那您"。

"成。"周游带着笑意，拍拍她的手背，短却漫长的停留。隔着烟灰缸，是一张小小的合照。

他很早结婚，不久离了。又结，又离，之后又结。第三任妻子年轻、圆润、挺拔，王麦去网上查，她的名字和照片只出现在他们婚礼的新闻里，除此之外她活在别处，性情不详。

他看着王麦，尽量不断地说话，压制将来的沮丧。他经常感到需要某一种作用力，来自不同的方向，但又不能是反驳和对抗。她的脸果真是小麦色，泛白的黄，头发细密柔软，腰际也细密柔软。他用画家的眼睛看她，勾出她身上的曲线：眼角，唇峰，颈弯，耳缘，肋间，一路向下，铺展开来。

他脑袋里构思着许多篇伟大作品，他时刻在构思，太多了，但没有一篇让他兴奋，让他感到被引诱。他只能想象作为读者的兴奋，饥饿的食客。

"很多厨师后来都吃素了。"他突然说。

王麦同情地看他，点头。

他的拼图即将完成，只剩下几块小小的空白，但图案早被确定，不再有错位的可能。兴奋随之消失，被无知和恐惧替代。在结束之前他只有一个任务，否认。

他开始讲起一些重复过许多遍的故事，兴致勃勃。很多圈内的轶事都从他口中传出，有真的也有假的，有些一开始是假的，后来成了真的。故事越来越简明，越来越有趣，越来越像个标准的笑话或寓言。而他的词语越来越庞大，越来越遥远，像梦里的怪兽消失在日光下。他企图显示力量，佢搞砸了，王麦看见他的恐惧和绝望，他自己还没看见。

他送他们出门。摄影师率先出去按了电梯，王麦在门厅里弯下腰，不慌不忙地套上靴子。

"你结婚了吗？"周游问。

"我结婚了。"她缓缓扯上拉链，像怕惊醒谁，从脚踝一直到膝盖。

她三十三岁，一年只化几次妆，没做过头发，在秋天的末尾还光着腿穿短裙。和父母相比，她和陈年的婚姻平静体面，挑不出错来，除了没有小孩——他们都不想要。

他们的邻居总在吵架，比装修的电锯声还刺耳，有关小孩，有关老人，有关一切资源的争夺。王麦忽然发觉，是那些负担、混乱和侵犯，让你有资格抱怨、逃跑，有资格犯错。是失去造就了光荣，而不是获取。她和陈年未曾参战，于是清洁——太过清洁，养眼但柔弱，在某个深处失去了秩序，不堪一击。

有一段时间她糊里糊涂，不清楚第三个人意味着什么，现在她懂了：一个永远的观众。

"像木头房子里的白蚁。"桔子说。

"没那么激烈，"王麦小心保护着自己的比喻，"只是眼睛，一直在看的眼睛。"

她在向桔子讲述时才意识到这是真的。陈年，一个女人，陈年和另一个女人。她讲出一句，就有一句成真，像士兵一个个归队，像巨大的泡沫一升空就破裂，水星落地，瞬间微不足道。

"你接受不了吗？大部分人都能。"桔子的语气刻意地带着挑衅。她想帮王麦，甚至是帮陈年。

"大部分？"王麦笑了，她明白她的善良。

"就是很多人吧。"桔子也笑了。"陈年不是坏人。"她说。

王麦同意。她知道他文明，温和，有他参与的事情不会变得疯狂或丑陋。她从那样的年少时来，太知道咒骂的后果。你越品尝仇恨，就越想要爱，憎恶令人粗鲁，粗鲁又带来憎恶。她知道陈年不会离开她，她也一样。她没有那样的勇气，而他没有那样的需要。

当下总会成为过去，这是我们唯一的希望。

"不过，你等不来那个阶段，至少光靠等没用，"桔子又说，"除非你们俩谁生一场大病，最好是绝症，但早早发现了，死不了，也没那么容易好。"

"你说的是战争。"

她想了想："对，差不多。那种能让你们俩成为战友的事儿。"

"有必要吗？"王麦说，"我觉得我们俩是伙伴，这个没变。"

"没有敌人就不需要伙伴。"

是真的吗？她努力设想那些亲密场景，想激起自己的愤慨和自尊——另一个女人，环绕着她的丈夫。她是她的敌人吗？她是他们的敌人吗？很快她就警惕起来，立即切断想象。她不要生活在那种漩涡里，她需要等待，需要耐心，她最不需要的就是愤慨和自尊。

隔壁的争吵一直持续到晚上，连陈年都回家了。他和王麦不约而同地降低音量说话、走动，不是怕打扰，更像是对那种激昂的服从和尊重。直到男人和女人的咒骂渐渐减弱，消失，小女孩还在不知疲倦地哭嚷。他们听见一个更老的女人的声音——孩子的姥姥，勒令她停止哭泣，带着外乡口音："一点眼泪都没有！"

他们两同时笑出声，开始时忍着，很快就放声大笑。感谢上帝，感谢姥姥，感谢这世上所有的笑料，把他们从寂静的对峙、从对彼此的仇恨和恐惧中解救出来，哪怕就一个晚上。

她还记得就在几分钟以前，太阳和众人还在，他是那个作家，她是他的编辑。书店里划出的空地被女大学生挤满，他只来这一天，她们贪婪地看他，用目光吸吮他，没有一个问题与小说有关。她靠在门口，人群之后，确认第二天的回程机票。她看不见他。他的声音灌进话筒，从音箱里传出，在钻进耳朵之前就被空气消解。忽然他已经站在她面前，书店老板和当地朋友的邀请都已经被拒绝，其中一位开车送他们回酒店，在离开前拿出一本书，过分热情地索要了周游的签名。在大堂，周游仔细询问了早餐的时间，这好像是他整个下午唯一惦念的事。随后他们走进电梯，声音和身份消失。王麦记得就在几分钟以前，她还如此坚固，就像是不存在，现在她跟着他走了出去，踩着太过松软的地毯，一步一步，像走进了个荒唐的梦。

没有密谋，没有权衡和疑问，他刷开房门，请她先进。墙面上挂着残存的烟味，窗帘拉着，边缝里漏进窄窄的白光，像刀锋。周游插进房卡，房间轰隆一声亮起来。她迎着某种力量游进去，奋力拨开头顶的水。他的房间和她的一样，只是颠倒了方向。床，小沙发，衣柜，她在眼里一一进行对应。周游进了卫生间，门关上，过了一会又打开。

"来。"他说。他的声音像一层碎裂的湖水。

他让她抬起胳膊，高举着，好除掉她的衣服。然后他握住喷头，仔细温柔地清洗她，像骑士清洗一匹马，像父亲清洗孩子。他的衣服都穿着，一件也没脱，衬衫渐渐湿透了，紧贴在宽厚的背上，他的头发也湿了，鼻尖滴下水来，王麦伸手去擦，他不允许。他抓起她的手，咬进嘴里。她感到由内而外的虚弱，几乎站不住。他关掉水，用两根手指降落在她的腰际，轻轻滑行，它们经过的地方立即变得粗糙、颤栗，生出小片鸡皮疙瘩。他喜欢这样，操纵她，眼见她无法自持。她也喜欢，像喜欢噩梦里的恐惧。

"好了。"他说。他用一条毛巾裹住她，他的全部身体围住她。

她感觉到他的力量，感觉到那最重要的部分。

终于。

她时而记起陈年，遥远地。感受到不止一种契合，无法分门别类。她的面孔无动于衷，而身体不行。从未有过的颤抖，寒冷和燥热同时攻击她，攀爬，痒，无法自持。太多感受突如其来，越来越失去她的控制，溢出她的经验，而她的经验并不少。她立刻明白了，这一次将和之后的每一次都不同，这一个男人会和所有男人都不同。这是真正的第一次，永远和唯一的第一次。你不能说它是最好，它只是不能被比较。

他们喝了水，又重新躺下。"你会跳舞吗？"他问她。

"不会，你看过我写的东西吗？"

"没有。"他的回答干脆。某些东西已经完成并且永远结束了，他开始变身。像清晨的咖啡在正午退潮，提供了一份清醒，但不足以令人立刻感到悔恨。

他口腔里的气息很糟糕，胃里的酸腐、牙垢、酒气和烟草浓郁地混杂在一起，像几天没有睡觉。但真正糟糕的是他不再意识到这一点，他习以为常。

王麦的脸仍然泛红，显得血色之外更加苍白。周游闭上眼睛。

一生多么长，尤其在首尾两端，存在偶然性的年份却那么稀少。在那些年份里，可扭转的意外密集地发生，运气几乎能在空气里显形——人生还是轻巧的独木船，轻易就改变方向。可没过多久，小船就成了巨轮，载满货物，没人再惦记航向这回事，船长在甲板上酗酒。

他的年份已经过完，远远在他身后。王麦不是当前的意外，是过往留下的惯性，是折返过的虚弱回音，上岸后肩上的盐粒。他开始想起他的小说，下一部。他感到困倦和烦躁。

"我有个同学叫苏美。"王麦说。

"然后呢？"周游问。

苏美的名字是姥爷起的，因为生来不美，就偏叫美，像赌下一口气。

苏美直到十二岁还没有变美，她太高、太瘦、太黑，总是抿住嘴不笑，不像好家庭的孩子。十三岁的春天，苏美忽然柔软了，眉眼细长，四肢青葱，目光仍然不屑，可是添了少女的慵懒，细腰底下像是充了水，走起路来微微地颤。

苏美是大众情人。这话是班主任说的，每天她都交给苏美许多信。苏美交给王麦帮她看，仿佛存心折磨她。初三整个篮球队都给苏美写过信，一开始她还在王麦的推荐下读一读，后来不读了，她和一个整天骑着辆巨大摩托车在街上狂飞的男孩在一起了，杨鹏，他二十岁了，他的弟兄们叫他鹏哥，王麦她妈叫他小流氓。

"老师。"下午自习课，他又站在教室门口，头盔拿在手里，刺头染成白色，"我接一下苏美。"

班主任坐着，抬起头，看最后一排的苏美。苏美站起来，收拾书包。班主任低下头。

"谢谢老师！"杨鹏笑嘻嘻走进教室来，鞠了个躬。他笑起来总好像嘴里缺了几颗牙，可实际上并没有。

苏美捶他一拳，扯着他走了。教室里响起嗡嗡声，他们以为老师要说点什么，老师什么也不说。苏美她爸给学校捐了一座楼。

"哪个？"

"老穿白衬衫那个！"

在王麦家，苏美对着电话，几乎是喊了。苏美总跑来王麦家，因为王麦她爸不跟她们一起住，她妈又总是出差不在家。这种得到友情的理由并不光荣，但王麦很高兴能够有些东西是她有而苏美没有的。

"黄毛儿吗？"杨鹏在电话那头问。

黄头发吗？苏美问王麦。

不是。王麦红着脸摇头。黑头发，很短。

"不是黄毛儿。"苏美说。

"那我知道了。"杨鹏说。

王麦开始后悔了。星期天下午是她最软弱的时刻。她不认识那个男孩，他多大、叫什么名字、是不是还在上学，她都不知道。苏美非要她说出喜欢谁，她就说了。她只见过他几次，他们一群人都骑摩托，他穿白衬衫，不爱笑，不那么让她害怕。

那个男孩从门口走进来，杨鹏喊了他的名字，王麦来不及记住。刚才一路的景色都让她不安，她和苏美穿过好几条胡同，地上满是前夜留下的雨洼，终点的院子里停着六七辆摩托车，休憩的野兽，前后两间平房，脏乱的大床，一屋子男人，都坐在床上，他从门口走进来，根本没看见她，也没打算看她，直到杨鹏把她推出去，"这个，能处吗？"他问他。

他说不行，理由她忘了，也可能他还没说，因为杨鹏突然踹了他一脚，他跪了下来，又有一脚踹在他肩膀上，然后是一个耳光。让王麦惊讶的是，杨鹏好像并没有生气，因为他一直在笑，苏美也在笑，连那男孩也在笑，他一直跪着，牙龈磕出了一点血，他那天没穿白衬衫，他就跪在她面前。

杨鹏提议王麦去扇他一个耳光，"这事儿就算过去了。"王麦说不用。她笑着说话，和他们一样。直到天黑她才说她得回家了，因为身上烟味已经太重了。回家的路上她还在笑，她必须说服自己。她知道她将需要很多时间，去成为另一个人，好忘掉这类羞耻、恐惧和仇恨。她知道人人都想走开，否则人生将一直进行，无法变成故事。她还知道苏美那天晚上没能回家。

"我有个同学叫苏美。"王麦说。
"然后呢？"周游问。
王麦闭上眼睛，没再说话。

第二天夜里，他们的飞机即将落地。王麦在空中向下看，城市迷雾重重，迷雾越来越近，直到他们再次身陷其中。忽然之间，她感到自己能做到所有事，能成为任何人，能离开任何人包括陈年，或者不离开任何人包括陈年但仍然能够成为任何人。她可以走得远远的，也可以永远留下来，她甚至可以同时做到。

周游睡醒了，在毯子底下握住她的手。他没错，王麦想，陈年没错，他只是恋爱了，和她有什么关系呢，他们是婚姻。她记起不久前的一个清晨，他们在同一张床上醒来，陈年抚摸她，似乎不记得自己是谁。她开始哭。他立刻停了下来，离开她的身体，远远的，还笑了。

　　"至于吗？"陈年说。

　　她一动不动。直到他洗了澡，吃了饭，出了门，她才细细地笑出声来。在一片宁静里，在她体内的冰川和潮水中，她一点儿也不想哭了。太惊人了，他说得对。她第一次对他刮目相看。至于吗，她一遍一遍回味着，至于吗，太对了。她想陈年真是个天才。

　　耳边一阵轰响，所有身体随着座椅颠簸、震颤。轮胎依次落地，人们迫不及待站起身来。眼前大亮，一些短暂的囚犯即将被释放。周游似乎说了些什么，和所有声音一样，被声音淹没。像一个盲人忽然感觉到白日将尽，她睁大眼睛，屏住呼吸，长久地停顿、停顿着，试图听见时间的言外之意。

回归

Coming

那天下午，我第一次意识到死亡。在那之前我碾死过蚂蚁、揪下过蜻蜓的头颅，还用厚重的门板挤扁了一只初生的染成桃红色的小鸡。我的屁股坐在五楼的窗台上（那是一块沁凉的大理石板），人生还没有季节的印象，我的冷热时刻都有许多人（太多了）来负责，这说明了我正是一切的主宰。除了有些日子里，我得穿很多层裤子，包括衬裤、毛裤、背带棉裤和一条外裤——每天早上大概有一百个女人，齐心协力为我穿裤子："蹬！"她们总发出这个声音，有时我注意到了，有时没有。等到工作总算完成，她们就喜悦地把我竖起，抱在怀里，屁股架在她们的胳膊上——这动作使我的裤脚从袜子里彻底跑出来，随后整整一天，我都感受到小腿间那股空空的风。这还了得了！我常常为此大发脾气。可她们总不明白自己的罪过，以为我是又饿了。她们用勺子刮下黄香蕉苹果的果泥，一点一点喂给我，我噙着眼泪心想：原谅她们吧，原谅她们的愚蠢吧。

那一刻是在午饭和晚饭之间，当时我已经知晓了一点傍晚的寓意。天空的颜色会变浓厚，远远的一头越来越橙黄，像咸鸭蛋的核，而远远的另一头就越来越青灰。鸽子们再次飞到空中，一趟趟绕光滑的圆圈。午饭前它们绕的圆圈更大，我会站在开放的阳台上热情地致意，也会在它们飞到最近时高喊：你好！你们上厕所吗！——有大人警告过我鸽子粪这种东西。

它们或许还在飞，或许已经回家了。我被一个突如其来的启示震惊，我的屁股还坐在窗台上，眼睛空洞地指向云层。我发现了死亡。我发现的死亡不是别人的，正是我自己的——我也会死，这实在难以置信。我明白这是千真万确的未来，可是当我死去，我的眼睛合闭，我所见过的一切难道不也烟消云散？难道不是因为有我（我的眼睛，我的耳朵，我的指甲和头发），才有了我之外的一切存在？它们起先受我的命名，随后也将受我的统治。毫无疑问，这窗台，窗台边的大床，藏在床底下的糖罐，我爷的茶缸和鱼缸和烟纸和烟叶，楼下的小卖部，大人给我的硬币和所有为了侍奉我而生的大人（也就是所有人）——都将随我的死亡而消失，就像从没存在过。我感到一阵巨大的愤怒，我想用惯常的大哭来控诉，却发现并不知道我在与谁对抗。谁安排了我的死亡，安排了万物的末日？我想不出。我想那些帮我穿裤子、吃苹果的人更加想不出。就连我会死去这件事，也是一个仅为我知的秘密。我开始悲伤了，为那些头脑的一无所知。谁也不会知道我的死期，谁也就都不知道自己在这王国里存在的最后一刻，更别提为此做好准备了。这太残忍了。我决定自己去死，现在就死——至少这一切便回归我的控制。窗户的玻璃有九块，只有中间一块方形的小窗我能够打开，而窗口又太高了，到我的额头。我搬来一张小板凳摆上窗台，踩在脚下，打开窗户——头和肩膀全部可以探出去。现在只要我再蹭一蹭，就能够掉下去了，我的人生全按自己的意愿，我得以安排自己的死亡。天光为我深沉暗淡了一些，风赶来应和，我闻到复杂的炊烟、树冠、煤炭、尘土和汽油味。第一次我向这世界探出身去，却是为了死，我感到一股熟悉的、只有公园里才有的快乐，这时我隐约听到我奶在身后喊道："啵（不要）爬高！"随后一双大力气的手钳住了我的屁股。我被无知的老太太抓获，我只能悲伤地望着她。"叫你爷来！"她瞪眼睛，这样吓唬我。可是我并不怕我爷，所有人都怕我爷，只有我不怕。

那个下午之后，我爷生了很疼的病，先住去医院，又回到家里，不久就会死去。那时我已经知道了会有人先于我而死，也会有人在我死后仍然活着。我爷不再起床了，鱼缸也不见了，所以他才不再带我出去买鱼食、吃烧卖和看京剧。虽然此前我并不喜欢养鱼这件事——我爷总要给鱼缸换水，他用一根胶皮管，一头放进鱼缸，一头含在嘴里用力吸一口，然后压进洗手池。我对这场面感到惊人又厌恶，空气中弥漫起蓬勃的腥气，小鱼们滑腻地跳起来，是放纵又羞耻的冲击。我恍惚察觉，另有一些尚未轮到我的不轨之事。

不光是鱼缸的消失，大部分权力的象征都消失了。我像从前一样讨好我爷。我早早泡好一缸浓茶送到他床前，可是直到下午他几乎没喝，茶面上凝住厚厚一层皮。我卷的烟比从前紧实得多，尾巴也不会拧破，可是她们不给他了，还呵斥我"不懂事"。我竟已不是永远正确的了。事情正在起变化。我和我爷被一条高高在上的命令孤立，我们都离它更近了一些，我们的盛时结束了。

我妈问我：怕不怕？我说不怕。

"那你过去拜一拜。"她手上加了一些力气，把我推到大照片前面，像在摆一颗重要的棋子。我知道我爷死了，我也知道在那一天里，没人有机会好好想一想这件事。

另有一些事情，是后来我妈陆续讲给我的，没有什么悲伤或者郑重其事——谁也不记得是哪一天，但是春天就快来临，我奶推着我爷出去晒太阳，那时他已经不再吃什么药了，他太痛苦也太虚弱，没有药物能够真正帮助他，除了麻醉剂。

"来接我了。"我爷对我奶说。

"谁来？"她问他。

"没听见吗？吹喇叭了。"他几乎是闭着眼睛，看向远远的地方。

西边。我这样想。那个下午的记忆、所见的景象、气味，完整地回到我的身体。我们看到了同一个死亡，我确信不疑。

随后他说：以后，给我过阴历，方生日过阳历。

到了春天，到了我的生日，我爷死了。

* * *

当我想确认自己状态如何时，我就用阅读来测试，标准就是那些字是否跳舞。当我越糟糕时，它们就跳得越欢，不断弹出、挑衅，使我的头脑颤抖，丧失节奏。最糟糕的时候，它们连舞也不跳，就无视我的目光，隐藏起意义，死在纸上。我只看见小块的黑色灰烬。

最初是恶心，颜色和味道使我恶心，笑声和坚定的眼神使我恶心，兴致勃勃地生活使我恶心。随后是愤怒，急不可耐的、没有原因也无法有结果的愤怒。然后是恐惧。紧追不舍的恐惧，渐强渐快的鼓声——就要发生什么了，就要发生了（到底是什么？）。无处不在的恐惧。你完全知道，那是平常的路口、商店、电梯间，现在却布满了骇人的秘语。它们细细麻麻，你不能用眼睛看到，也没法用耳朵听。那是一种捕捉不到的力量，是带着笑意的、企图不明的追踪。我越来越不能制止身体的失控。我不再出门了。

现在可以宣称，我已经错过了这个冬天，尚未感到遗憾。这并不像是你不经过三楼，就不能到四楼去。因为奄奄一息和丧失掉的欲望，我求之不得地推翻了从前和外界立下的约定——要假装那传说的确存在，就要假装追求或等待。尚未感到遗憾。我愿意（如果能够）减少一些身体的不适，而那些消亡的欲望，不过是一些由于长期浸泡在目光和声音里而产生的不假思索。

* * *

在一个傍晚，爸妈带我去舅舅家做客。我哥哥——舅舅的儿子，带我到院子里转转。他是个中学生，在我眼里已经是大人了。"这是一口井。"他指着一棵长在地上的圆筒对我说，筒子上斜插着一根铁棒。

井是这样的？我脑袋里的井是一张漆黑的咧开的大嘴，会吃掉小孩和受辱的女人。

"这样的。"他过去握住铁棒的一头，用力压下去，马上，从一个我没注意到的圆口里，冲出一股泛白的水柱——他用了太大劲儿了。

我也试图像他那样做，但我的力气不够，压不动铁棒。又换成他来，他努力着轻一些，再轻一些，水流终于变得细净、柔和。

"你接住。"

我向那水流走近，伸出手接回一捧，喝掉了。

"好凉啊！"我兴奋地说。

"这是地里的水，地里就是这么凉。"他轻声地说，但并不是因为我是小孩才轻声。随后他找到一小块空地，教我玩一个游戏：小人老虎枪。实际上就是用脚跳的石头剪子布。我跳得气喘吁吁，激动不已。我看出他对我并没有大人对小孩的轻蔑，也没有男孩对女孩的敌意。这是我第一次真正见到他，我的哥哥，上一次见面我还是个婴儿。我找了一个没人注意的机会，若无其事地喊他一声：哥。他也若无其事地回答我。之后就顺利起来，我不断响亮地叫着：哥。哥。他总是那样轻声地回答。我不知道他心里是否和我一样热血沸腾。他总是微微垂着眼睛，仿佛他并不想反对什么，但又为同意感到忧郁。

那天晚上，舅舅家里还有另一个小女孩，他们叫她甜甜。她穿着袜子，在地上四处跑，她有令人赞叹的漂亮眼睛，任何事情都能使她突然间大笑。

"甜甜，你脚太臭啦。"我爸这样逗她。

她立刻听懂了暗号，夸张地把脸凑到我爸的脚上，然后大声喊（她根本没有闻一下）："是你！你脚太臭啦！"

甜甜是谁家里的孩子？我不记得了，也可能并没有人告诉过我。她一直住在舅舅家。我能够确定的是，甜甜越漂亮，越逗趣，越是笑个不停，我妈妈看她的眼神就越忧愁。那个时候，人们的生活开始走下坡路，却并不显得太要紧——所有人都在这条路上，也就不存在掉队的恐慌。男人们都成了酒鬼，白天里也会咒骂，再引来女人的咒骂。舅舅做了很多菜，舅妈不在家，她和她的表舅（后来变成表哥）去南方做生意。他们去的地方越来越远，旅途越来越长久，最终她不再回家了。一些年以后，我才对这些人事不再感到惊讶。妻子总是比丈夫更经得起诱惑，我指的是那种漫长的、安全的、沦为人质的诱惑。原因可能在于，对于那样的处境，他们有着相反的评价。

我哥一直收到舅妈寄给他的钱，据舅舅讲，这就是我哥"狗都不如"的原因。他很年轻就买了房子结婚，也从此不再回家。我再也没有见过他，我想他大概从不需要一个妹妹，也不太需要一个爸爸。

* * *

我开始吃药。我已经长期旁观我的身体，我知道它叛变了，一天比一天跑得更远。对此我无知也无能，我想也许医生和药物能够抓捕。首先她们把一顶胶线和金属夹编成的帽子包在我头上，紧贴住头皮，然后放一段长长的录音。我什么也不用做，我只需要听。报告很快出来了：DEP。那是什么？我们一时想不到。不过我们马上就会得到医生的解释，准确无误的解释。就像你拥有掌纹，你就迟早能知晓命运的解释——是什么呢？在医院狭窄的走廊上，我忽然有了幽默的兴致，我说：颈椎病。

我非常喜欢我的医生，我喜欢她看我的眼神。那里面有不多不少的关注，不多不少的理解，和不多不少的指令——我全都愿意执行。她比我更乐于对我的身体负责，在病历本上认真地写：防自杀。有时我在她面前哭，又不知道是为什么，心想这个人真可笑。那感觉就像一颗纽扣艰辛地塞进了太窄的扣眼里，明白解开时也会一样难。我实在厌倦了对生命的赞美，它同时在拒绝罪恶的终结。没有更好的办法——这就是有人的地方总在发生的事。

我短暂地结交过一名心理医生，咨询师，或者说。

"我现在要说的话会很残忍，"他盯着我，"像你这样的症状，并不少见。也就是说，你不特殊。"

说完，他像刚刚扔出一枚炸弹一样屏住气，监察我的反应。我看得出，他在等待这句话的神奇效果，等待我表现出放心、惭愧、悔悟和崇拜。那是我们第一次见面，谈话刚刚开始。我知道我没法信任他了。

"讲讲你的梦。"

我告诉了他那片黑色的大海，我浮在海面，没有陆地，我也不会死，我没有办法死。

"我看到一个画面，"他费力地眯着眼睛，像个通灵者，"大海是什么？母亲的子宫，巨大的子宫。"

"这个梦让你感到害怕，或者是压迫，是不是？"

"不是。"我不忍心看他，"是绝望。"

一直到我觉得时间足够长了，足够传达出我的诚意和礼貌，我提出结束。

"你什么事情也没说。"

"什么事情？"我们可是说了两个小时。

"你生活里发生的事情，有些什么人，你一件也没说。从来没有人会这样。"这就是他的重大发现？

我努力思索着答案，我知道他在等我的解释，胸有成竹。我同时在想：这又有什么问题？

"因为……没有什么非说不可的事情。我很少聊天。我没有那种……定期把自己告诉别人的需求。"

"我不认为这是真的。"他遗憾地说。他用友好的遗憾来掩饰对谎言的轻蔑。

我也没有办法。

"下次我们试试催眠吧。"加大剂量，认清形势，及早招供。

我不会再去了。

* * *

当时，我只对三样东西感到害怕：楼梯间墙面上一大块恐怖的污迹，一只藏在木桌底下的只有我看得见的狐狸——我总是指着那一块黑影喊："狐夷！"噢，噢，狐夷，嗯。大人们漫不经心地应和我，谁也不相信。

第三个就是隔壁老孙太太的女儿。她可能二十岁，也可能三十五岁或是十六岁。她走路的方式是跺脚，说话的方式是大叫，头发又短又直，眉心焦急地拱起，从来不笑——我宁愿她不笑。我看到她的时候，她常常是在跺着脚飞快地转圈，嘴里大声念着什么话。总有什么东西使她感到危险、犹疑，而她的眼睛（当我有胆量直视的时候）却饱含着热切得令人害怕的渴望。

现在想，老孙太太并没有那么老，大概是因为家里没有男性——女儿使她未来也不会再有，所以她的中年理应被跳过。她总是埋着头，忧虑、忙碌，更多时候是焦急。几乎每天都能听到她的召唤：兰呐？兰？！有时是兰把母亲锁在门外，有时是她偷跑出去了。另一些时候我们听到兰的尖厉的叫喊：妈呀？妈？！她的声音惊恐万状，好像正有人把刀架在她脖子上。有时她会来敲门，门的这一头总有一个大人迫不及待地回答：不在这！

我知道她一直在门外，跺脚，转圈。她们总能安排出短暂的分离，随后惊心动魄地互相寻找。母亲怀着这样的愿望：下一次找到她，她就会变成一个好女儿，和别人家的孩子一样。我这样猜测。

我被允许到楼下去玩，带着妹妹。我们挖出小小的土坑，选出几朵摘好的最完整的野花摆进去，并且考虑配色。一开始我最喜欢红色，妹妹就最喜欢红色。于是我宣布最喜欢紫色，马上她也改成紫色了。什么都是这样,她要买和我一样的小戒指,梳同样的辫子,她学我的语气说话,还拒绝扮演小青。

"我是姐姐,我是白素贞,你就是小青。"我们已经各自披好了床单,头顶也绑好了纱巾,我耐心地给她讲戏。

"那我也是白素贞。"

"不行。我先是白素贞了。"

"两个白素贞。"

有时候我们就玩两个白素贞,有时候我生起气来,就宣布不玩了。

"我也不玩了!"她大声说。她马上让自己和我一样生气。

花在土坑里摆好,要在上面盖一块碎玻璃,玻璃的大小和形状必须合适,不能把花压扁,也不能让周边留有缝隙。然后重新蒙上土,再布下一个隐秘的标记,以便下次被我们找到。这就是我们经常制作的花窖,最容易完成的手工。那个时候,野花、碎玻璃和泥土随处可见。

当然没有大人玩这个,男孩也不玩。所以当那个男人站在旁边专注地看我们,我感到紧张又光荣。直到我们埋好了今天的花窖,准备上楼回家的时候,他才跟我们说话:你们家住哪?

"这个楼!"我和妹妹抢着回答。

他和我们一起走进门洞里,并不是一片漆黑,但你需要眨几下眼睛才能适应。这里比树下阴凉得多,但也不寒冷。外面的阳光斜射进来,在墙上切出一个三角形,也把地面分割成阴亮和昏暗。我在之前就发现,你要完全走进昏暗里,你的声音才会带上那种独特的回响,像来自天空一样好听。我想继续往里走，踏上台阶就是一楼的三道门了，可是他不想。

我要回家了。他说。你们每天都下来玩吗？

是的。

你们愿意跟我做朋友吗？

愿意。

那——他解开裤子，捧出一团肉色的、柔软的、布满皱纹的东西——你们愿意跟它也做朋友吗？

它是谁。我感到新奇，这是一个动物吗，它的眼睛和嘴呢？

这是我最好的朋友。他郑重其事地说。我每天都要跟它玩，你们也可以跟它玩。

我们盯着它，看不出有意思的地方。我感到我们对不起他的真诚。

你们可以摸一下。他站矮一些，靠近我们的手。我轻轻碰了一下，它看上去很脆弱，我担心它被我弄坏。

大概这就是全部了，在我的记忆里。他穿好裤子，把它重新藏起来。这可是我们之间的秘密，他说，不能告诉别人。

下次你们可以多玩一会儿。

我一进门就告诉了大家，我太得意了，有一个大人主动和我们做朋友。可他们突然紧张起来，让我重复那秘密的过程。每个人都用审问的语气，眼神焦虑失望，好像是我犯了错误。我想他们是嫉妒，并不是每个人都能交到朋友。起初我还坚持着信念，不愿意全部告诉他们，背叛我的新朋友。可他们越来越急切，许多眼睛和嘴巴聚拢在我头顶，他们的身体也不一样了，饱含着奇异的爆发和压迫。我哭起来，我想他们要揍我了，我把一切都说了。我爸和我的叔叔们和姑姑们的男朋友们——在场的所有男人，每人抓起一件铁制或木头的东西，像恶犬一样冲下楼去。女人们留在家里，谁也不说话。不是我的错！我在心里大喊。可是前一刻男人们激烈的反应和此刻阴晦的安静使我不自信，我严厉地命令自己憋住哭声。

"没人了，没找着。"他们回来以后说，然后全都去了另外的房间。

"以后不许下楼了。"我妈对我说。"行了，别哭了。"

那一刻我才真正伤心起来，明白发生了什么——他们认为我是个傻瓜，和老孙太太的女儿一样，让人不能放心，也不必寄予厚望。从此他们会常常躲在别处，凝重又轻蔑地谈论我，叹息，安慰彼此的失落。他们正式确认了一直以来的担心：不出所料，所有的女儿都是傻瓜。

* * *

我已经相当擅长远离自己，远离那个危险的头脑，和它漫无边际的思想。当你开始确定，对某件事再也不能拥有完全的主宰，这件事就不再那么诱人了，比如性，比如混淆于幸福的欢乐。你当然不能说欢乐就是杂质——生命的杂质，但它的确稀释了许多东西。就像小美人鱼的双腿对她所做的事。而所谓神秘的命运，从不比任何一个人瞬息万变的内心更加神秘。如果有人能够了知全部的自己，那些矛盾的、疾速的、无休止地侵占又抛弃的、比宇宙更加辽远空旷的自己，那么他就会发现，一切都在按照他内心的意愿进行。

路途是可见的。

我们住在巨大的病房里，有一整面墙上开满了玻璃窗。我们不需要捆住手脚，也不会去犯罪。在这里，事情不会重复地发生，经验和感受都是唯一又永恒的。时间不用来做什么，时间只用来体会时间——窗外是永不凝固的景色，是关于未来的历史，没有一双眼睛全部见证过。我们不再为生存感到羞耻，只有外面的人才会。零，原点，已经被找到，所有分岔的互斥的可能都在同时发生，对未知的探索宣告完成：未知是彻头彻尾的谎言。

* * *

三岁或四岁的时候，我第一次坐船，去一个海边的城市。在下船上岸的时候，一个孩子掉进海里淹死了——至少我的记忆是这样。随着经验的增长，这段记忆越来越不可靠。岸边的水那么浅，周围的人那么多，怎么会轻易淹死一个孩子？除非在场的每个人都希望他死（包括他自己），否则谁也死不成。那里有一座著名的公园，我们在公园门口拍了照片：我刻意地皱着脸，扭着短腿，非常不满。我妈说那是因为天气太热，而且我不会游泳。

也可能是她骗了我——她担心我突然蹦跳起来，跌下海去，所以这样吓唬我：有个小孩淹死了。这样更加说得通。她没少骗我。断奶之后我吃肉，我只吃瘦肉，肥肉吐掉。这种行为在家族聚餐的场合显得缺乏家教。她说：闭上眼睛，妈喂你一块豆腐。嘭。一团软软的腥腻的汁水在我嘴里炸开。果然！眼泪应声而落。那是我第一次意识到：爱里有欺骗。我同时意识到，我的气愤并不被视为正当——如果你是个更好的人，你应该对此怀着感恩而不是仇恨。

我努力回想那段从船到岸的路：可能是一块临时的木板，可能是座栈桥，也可能干脆就是水泥筑路。那段路一定很长，人人都很小心，低着头，脚下就是动荡的海水。我们排成长队，向岸前进。不管是谁，一旦踏上了确定的陆地，心里就涌上一股难以置信的喜悦（活下来了）。荒唐的是，如果此时回头看，再去设想"从那样一条路上掉下去"，会感到同样的难以置信。

真相很容易证实，拿起电话就行了：妈，我们坐船那一次，淹死了一个小孩吗？我一直没这么做，说明我不是那么想知道。我担心并没有人骗我，也没有小孩死掉。我担心我所经历的危险或诡计，都是我的臆想和编造。许多天来，我反复梦见第一个恋人，梦里我们都是如今的大人样子，但故事是从断开的当时继续发生——我们仍然装腔作势地操持爱情，把它当作一场搏斗或是间谍游戏。谁也不会受到真正的伤害。它像那种古老又新鲜的传说，没有终点，也没有输赢。这些梦让我在白天的某个时刻忽然感到快乐，夜里也是如此。我们慷慨地给对方制造痛苦，仿佛已经知道，这将是我们一生中所遭受的唯一纯粹的痛苦——没有自我的罪恶掺杂其中。那些灿烂的旧场景，在另一端触手可及。我清楚地知道自己是在做梦。我也同样清楚地知道，只要我愿意，就能够永远沉没其中。

＊ ＊ ＊

　　然后我老了——我看见。时间都在我身上，不需要再以别的方式储存。我衰老、虚弱，但精神活泼。一个年轻的女孩照看我，在一些不堪又要紧的时刻帮我支撑身体。她一心关注我，对这里的其他人种类繁多的需求视而不见。我已经习惯于放任她的干扰，我的拒绝或感激，她都不为所动。就让她这样认为吧：是她在创造我。

　　直到有人来接我，一位正直的访客，毫不犹豫地签字，带我离开这满是病人的地方。他是一个亲爱的老朋友，虽然我已经认不出，但那些无法描述的信息确凿无疑。我相信他一样认不出我，曾经我的头发僵硬、骄横，如今它们稀疏柔软，薄薄地挂在脑壳上。他没看出其中的变化，或者他明白那也都是谎言。他推起我的轮椅。他认为我的头发生来如此，我生来如此。

　　"你信任他吗？"女孩紧张地问我。

　　我不耐烦地点头。我对他的信任是基于无尽经验的判断，是不会再有意外。而她太年轻，她以为信任是托付。

　　我们慢悠悠地走出去，在一条一模一样的路上。我希望此时是傍晚，可天空没有颜色，我开始明白，这意味着它许诺你所有的意义。你可以就此停住，也可以永远不动声色地流淌。我感到一点点疲惫，和一点点欣慰。

　　"来接我了。"我指向远处，对同行的人说。

　　不管他是谁，我都决定在那个时候，对他开这样一个玩笑。